国盗り合戦〈一〉

稲葉　稔

集英社文庫

目次

国盗り合戦〈一〉

第一章　二人の大名

一

慶安《けいあん》二年（一六四九）六月下旬——

奥平《おくだいら》藩の大名行列は進む街道を折れて、脇往還に入った。江戸を発《た》って十日、領国まではあと二里（約八キロメートル）の距離である。

藩主の宇佐美左近将監安綱《うさみさこんしようげんやすつな》は、揺れる乗物のなかで目をつむっていたが、すっと目を開くと、御簾《みす》を小さく開いて窓外の景色をしばらく眺めた。

深緑がまぶしいほどきれいだ。周囲は蟬《せみ》の声に包まれ、遠くの山も夏の日に照り映えていた。

（やはり遠いのぉ……）

安綱は首を振って御簾を閉じ、足を組み替えた。乗物は狭い。窮屈である。そして暑い。引き窓を開けて風を入れてはいるが、暑くてたまらぬ。そのじつ、安綱の襦袢《じゅばん》はべっとり汗を吸い、小袖にしみを作っていた。

だが、そんなことは気にせず考えに耽《ふけ》る。

(江戸 定府《じょうふ》にならぬものか……)

安綱が父・高綱《たかつな》より家督を引き継いだのは二年前のことだった。それまではずっと江戸暮らしだった。生まれて二十八年間住んでいた江戸が恋しい。

国は山深い田舎《いなか》だ。魅力がない。それに貧乏だし、領国は小さい。おまけに財政は常に逼迫《ひっぱく》している。そんな田舎大名で終わりたくない。

国を潤すことは考えなければならぬが、狭隘《きょうあい》で痩せた土地があるだけで、農産物の収穫はおろか、米作も十分ではない。

(何故《なにゆえ》、貧乏なのだ)

その原因はわかっているが、考えずにはいられない。

(金がほしい)

安綱は胸中で愚痴をこぼし、乗物のなかでカッと目を見開く。尻の下にはやわらかな綿入りの敷物、内壁は花鳥風月を描いた金の蒔絵《まきえ》が施されている。脇息《きょうそく》に凭《もた》れ、耳の裏を流れる汗も気にせずしばらく考えた。

目鼻立ちの整った涼しい顔立ちが深刻になる。我知らず眉間にしわが寄り、拳に力が入る。持って行きようのない憤怒《ふんぬ》を抑え込み、大きく息を吸って吐くと、さっと手を動かして御簾を開いた。

「佐渡《さど》をこれへ」

安綱は顔を突き出して小姓《こしょう》に声をかけた。はっ、と短く返答した小姓が前方に駆けていった。安綱の乗物のまわりには、小姓・供番《ともばん》・槍持《やりもち》・腰物筒持・鉄砲持など五十人ほどがついている。大名の所在を示す小馬印《こうまじるし》持がいて、行列を引き立たせるための二人の毛槍持がそばにいる。

行列は先頭の先払いから順に、弓組・槍組・鉄砲組・そして安綱の本陣、その後方に使番《つかいばん》や足軽など百十人ほどが従っている。

奥平藩は譜代ではあるが三万石の小国だ。参勤交代時の行列に従うのは、三百人ほどである。安綱としては経費節減を考えもっと数を減らしたいが、そこは大名としての見栄であった。

「お呼びでございまするか」

乗物のそばに鮫島《さめじま》佐渡守《さどのかみ》軍兵衛《ぐんべえ》がやってきた。安綱が信頼している家老である。

そのまま乗物の速度に合わせて歩く。

「うむ、帰ったら鷹狩《たかが》りにまいる」

「いつでございましょうや？」

軍兵衛はいかつい顔を向けてくる。日に焼けた顔は赤銅色《しやくどういろ》をしている。

「二日後でいかがだ」

「長旅のお疲れが取れましょうか？」

「予はまだ若い。一日休めば疲れなど吹き飛ぶ。帰り次第支度を調えるのだ」

「承知致しました」

「馬を引け。駕籠《かご》は窮屈でいかぬ。もう国までさほどの道程《みちのり》ではなかろう」

「お待ちくださりませ」

軍兵衛が去ると、すぐに馬が運ばれてきた。

「止まれ！」

供侍が声をかけると、乗物を担いでいた六尺が足を止めた。安綱は乗物の外に揃《そろ》えられた雪駄《せった》を履くと、そのまま馬にまたがった。馬乗袴《うまのりばかま》ではないが、乗馬は得意である。

「やはり、このほうが楽じゃ」

安綱は軽く馬腹を蹴って足を進めさせた。行列が再び動き出す。

馬上の安綱は周囲の山々に目を転じる。山は深緑の葉を茂らせ、夏の日差しに輝いている。道は狭隘な谷に沿って蛇行している。下り坂があり、また上りになり、そしてまた下りになるといった具合だ。道の脇は断崖で、その下に渓流がある。

やがて百姓家があらわれ、粗末な茶屋が数軒見えてきた。その先が奥平城下である。

先頭にいた先触れの足軽が、行列を離れて駆けるのが見えた。

「殿様のお帰りである！　殿様のご帰国である！」

先触れの足軽の声が城下の町に知らされると、商家の戸口から店の者や客があらわれて跪《ひざまず》いた。通りを歩いていた通行人も道の端に避《よ》けて跪く。

城下の町は決して大きくない。通りは二町三十間《けん》（約二七〇メートル）ほどだ。通りの両側には、旅籠《はたご》・米問屋・鍛冶《かじ》屋・小間物屋・古着屋・金物屋・飯屋・茶屋・居酒屋などが並んでいる。

一行は町のなかほどで左に折れ、末森山《すえもりやま》にある城に向かう。二層四階建ての天守は小さいが、白漆喰《しろしっくい》と黒板塀が日の光に映えている。その背後にはいくつも列《つら》なっている山脈《やまなみ》が見える。

行列は小高い山に造られた城に向かって、何度も曲がる道を進み、やがて大手門に辿《たど》り着いた。

先触れの知らせを受けた家臣らが門前と門中に待っていた。行列の足が止まると、安綱は馬を進めて大手門前で止まった。すぐに城代家老の妹尾与左衛門《せのおよざえもん》があらわれ、

「長の旅、ご苦労様でございました」

と、ねぎらいの言葉を発した。

「うむ。与左衛門、予は二日後に鷹狩りを行う。支度を調えるのだ」

さっと、与左衛門の顔があがった。

「二日後でございまするか？　旅のお疲れもございましょうに、いささか早《はよ》うはございませぬか」

「予はおぬしのような老いぼれではない。やると言ったらやるのだ」

「はは……」

「それで何か粗相や難儀はなかったか？」

「申し上げなければならぬことは多々ございます」

安綱はしばらく与左衛門の老顔を見つめてから、

「明日にでも聞こう」

と言って馬を進めた。

跪いていた与左衛門が立ちあがってそばについてくる。

「鷹狩りはお急ぎにならなくてもよいのではありませぬか」

「やると言ったらやるのだ」

安綱は窘《たしな》める与左衛門の言葉を一蹴してつづけた。

「とは言っても、思案があってな」

「思案……」

安綱は口の端にふっと小さな笑みを浮かべた。

「この国を栄えさせる工夫を考えついた。予はこんな田舎でくすぶっている大名にはなりとうないからな」

二

翌朝、鳥のさえずりと蟬の声で目を覚ました安綱は、本丸御殿の寝所を出ると、

「小平太《こへいた》、天守に上る」

と、小姓の剣持《けんもち》小平太に言った。

「はは」

小平太は十八歳と若い男だ。常に安綱のそばについて雑務にあたっている。

「拙者ひとりでよいのでございましょうか？」

大廊下をすたすたと歩く安綱の背後から小平太が声をかけてくる。

「天守に上るだけだ。いらぬことを申すでない」

小平太は黙ってついてくる。御殿を出ると、そのまま天守に向かった。天守は二層四階で屋根は千鳥破風《ちどりはふ》、壁はすべて白漆喰。その白壁が夕日に照り映えるところから、〝茜城《あかねじょう》〟と別の名を持っていた。早朝の城は全体が薄い霧に包まれていた。

天守に上った安綱は、まずは城下を眺めた。やはり薄い霧に包まれている。天守の北側に大矢倉《おおやぐら》が設けられ、東に本丸、西に重臣らの屋敷地となっている二の丸がある。周囲は懸崖絶壁で、敵の攻撃を容易《たやす》く防御できる。南にある大手門から城下までは道が蛇行しており、上士と家士《かし》の屋敷地だ。城内も城下の町も静かである。

安綱は南に目を転じた。紗《しゃ》をかけたような山々が列なっている。冬になるとどの山も雪で白く覆われ、白銀《しろがね》に輝く。東から西へ順に篠岳《しのだけ》・高盛山《たかもりやま》・笠森山《かさもりやま》。

安綱はこの景色が好きだった。されど、この小さな領国は貧しい。

稲作はわずかで、麦の収穫も少ない。そのために米や塩・木綿・肴《さかな》などは他領から買い求めなければならない。救いは林業と養蚕であろうか。

「ふむ」

安綱は短く息を吐き、小平太に顔を向けた。小平太は目が合ったのでまばたきをし、体を竦《すく》めた。何か粗相をして叱られると思ったのか、二歩ばかり後じさった。

「おまえはこの国が好きか？」

突然の問いかけに小平太は、また目をしばたたいた。

「嫌いではありませぬ」

「予は嫌いじゃ」

「…………」

「さりながらここは予の国だ。何とかせねばならぬ。豊かな国にしなければならぬ。いかようにしたらよいと考える？」

「そ、それは……」

小平太はもじもじとして答えられない。

「よいだろう。予は工夫を凝らさなければならぬ。おまえも考えてくれぬか」

「は、はい」

「帰ろう」

安綱はそのまま天守を出た。

その朝、安綱は本丸御殿広座敷にて、留守を預かっていた城代家老の妹尾与左衛門以下の重臣らから、帰国のねぎらいを受け、留守中に起きた諸々《もろもろ》の問題の報告を受けた。

安綱は脇息に凭れたまま目をつむり、黙って聞いていた。目の前に座っている家老らは、合わせて六人。その六人が代わる代わる報告をする。どれもこれも難しいことばかりで、耳が痛くなる。

「殿、お聞きになっていらっしゃるのですか?」

突然、報告をやめた岸川六郎兵衛《きしかわろくろうべえ》が険のある口調で呼びかけた。安綱は閉じていた目を開け、六郎兵衛の顔を見た。

眼光に衰えはないが、鶴のように痩せ、しわ深い顔には古傷が二つある。

「聞いておる。居眠りなどしておらぬ。それにしても何もよい話はないではないか。やれ不作だ。年貢が足りぬ。費《つい》えが多くて入費がない。蓄えはどうするだの、城下の普請や石垣の普請の手が足りぬだの。挙げ句の果てに、城下に拵《こしら》えた御籾蔵《おもみぐら》が焼け落ちただと。耳痛い話ばかりではないかッ!」

一同、安綱の怒鳴り声でしーんと静まった。表から蝉の声が聞こえてくるだけだ。

「あれもだめ、これは足りぬ、そんな話など聞きとうない！　御籾蔵の不始末は片づいたのか？」

「それは番人の火の不始末でございまして、打ち首にしました」

中老の西藤左門《さいとうさもん》だった。筋骨逞《たくま》しく、四角い顔をしている。気の荒い男だ。

「詮議もせずに打ち首にしたと申すか」

「詮議は致しました」

安綱は左門を短くにらんで、深いため息をついた。

「とまれかくまれ困りごとだらけだというのはようわかった。おぬしら、予より長く生き、飯を食ろうておるくせに、何の知恵も出なんだか？　工夫を考えなんだか？」

一同うつむいて黙り込む。

「まあよい。予には思案がある。明日、領内を見廻《みまわ》る」

「明日は鷹狩りを行われるのではございませぬか。家来衆に支度をさせていますが……」

城代家老の妹尾与左衛門だった。

「やめじゃ。見廻りを先にやる。されど、ただの見廻りではない。この国を栄えさせるための見廻りだ。おって下知を致す」

安綱は蹴るように立ちあがると、

「軍兵衛、予の部屋にまいれ」

と言って、広座敷を出た。

奥の書院に入ると、すぐに軍兵衛がやってきた。

「年寄りらの話を聞くと頭が痛い。何の知恵もない爺《じじい》どもめ」

安綱は悪態をついて扇子を開き、そばに腰をおろした軍兵衛を見た。太い眉に大きな鼻、口も大きくいかつい顔をしているが見識が広く、安綱がもっとも信頼している家臣だった。

「あきれたであろう」

「まあ……」

軍兵衛は言葉を濁し、思案があるとおっしゃいましたが、とまっすぐな視線を向けてきた。

「ある。隣国の椿山《つばきやま》藩本郷《ほんごう》家の所領に平《ひら》湯庄《ゆしょう》という地がある。知っておろう」

「存じております。あの地はかつて当家の所領だったと聞き及んでいます」

「であれば、話は早い。このこと構えて他言ならぬが、予はあの地を本郷家から返してもらう。平湯庄は小高い台地にあるが、おおむね平坦《へいたん》で田畑が多い。米も麦も芋もよく穫《と》れる。何故、本郷家にあの地を取られたかわからぬが、もとは我が領地であった。予は是が非でもあの地がほしい」

「それはいささか難しゅうございましょう」

「軍兵衛……」

安綱はカッとみはった目に力を込めた。

「難しいからといってあきらめたらそれまでのこと。難しいことをやらねば、先へは進めぬ。幾多の苦難を乗り越えて将軍におなりになった権現様《ごんげん》（家康《いえやす》）のことを考えてみよ。安穏《あんのん》としておれば何もよいことはない。国を栄えさせ、窮している領民を救うためには苦難に立ち向かうしかないのだ」

安綱はさっと立ち上がると、明るい日差しを遮っている障子を開けた。一気に書院のなかが光に満ちた。

「明日は平湯庄を見廻る。そのうえで隼人《はやと》殿と掛け合う」

隼人殿とは、隣国の椿山藩主・本郷隼人正宗政《はやとのかみむねまさ》のことだった。

「返答次第では覚悟してかかる」

「覚悟とは……」

安綱は振り返って軍兵衛を凝視した。

「戦《いくさ》もやむを得ぬということだ」

軍兵衛の目が驚きに見開かれた。

三

田中孫蔵《たなかまござう》は先を行く馬のあとに従っていた。周囲には青々とした稲田が広がっている。稲の実りはよく、今年も豊作を予想させる。稲田のずっと向こうには真っ青な空が広がり、白い綿菓子のような雲が点々と浮かんでいた。

「どこへまいるのだ」

孫蔵は前を行く馬に追いついて声をかけた。

「町だ」

短く答えるのは、本郷隼人正宗政だった。椿山藩の当主である。六尺（約一八〇センチメートル）近い偉丈夫で、顔は赤銅色に焼けていた。

「もう村廻りはあきた。それによくよくわかった。だから町へ行ってひと休みする」

「辰之助《たつのすけ》、あきたと申すが、まだいくらも廻っておらぬではないか」

辰之助というのは宗政の通称である。若家老の孫蔵は宗政の家臣であるから、通称で呼べる身分ではない。しかし、二人は刎頸《ふんけい》の交わりであり、幼き頃からよく知る仲で、公の場でなければ「辰之助」「孫」と呼び合っている。

「それに供もつけずに城を飛び出しおって」

孫蔵が苦言を呈すれば、

「供ならおぬしがいるではないか。それに春之丞《はるのじょう》もいっしょだ」

宗政は背後に従っている鈴木《すずき》春之丞を振り返る。小姓頭《がしら》だ。

「それでもたった二人だ」

「つべこべ文句を言うな。二人でも供は供だ」

「なあ、辰之助。おまえ様は椿山藩三代目当主であるのだぞ。一国一城の殿様なのだ。村廻りをするならもっと供をつけるべきだ。威厳というものを疎《おろそ》かにしてはならぬ」

「供をずらずら歩かせれば、疲れさせるだけだ。お国巡検はわしひとりでもできる。無駄なことはやらずともよい。それに……」

「それに何だ？」

「気が楽だ」

宗政はそう言って、わははと豪快な笑いを田園にひびかせた。豪放磊落《ごうほうらいらく》な大名である。おまけに髭《ひげ》も剃《そ》らず、髷《まげ》も乱れている。

「まったくおぬしというやつは」

孫蔵は苦々しい顔をするが、宗政を信頼するとともに慕っている。どうにも宗政を見放すことはできぬし、そばにいないと何をしでかすかわかったものではない。

「喉も渇いた。小腹も空《す》いた。まいるぞ」

我《わ》が儘《まま》を言う宗政にあきれる孫蔵は、春之丞と顔を見交わして首をすくめた。

椿山藩の城下町は、城の東側を西北から南東へ流れる天神川《てんじんがわ》と東西に延びる八幡《はちまん》街道の間。そして、八幡街道の南側に集中している。八幡街道は西の奥平藩に繋《つな》がり、東は東海道《とうかいどう》に合する。町域は広く、町の中心部を貫く往還の幅は四間（約七メートル）ほどある。

三人は宿場を兼ねる町の中ほどにある宝町《たからまち》の茶屋に立ち寄り、表の床几《しょうぎ》に腰掛けて茶を飲んで蓬饅頭《よもぎまんじゅう》を頬張った。

「村の様子はどうであった？」

孫蔵は饅頭を喉に流し込んで宗政に問うた。

「おぬしも見たであろう。わしに聞くまでもないこと……」

　答える宗政は饅頭をむしゃむしゃ頬張り、通りを歩く者を眺めている。二人は打《ぶっ》裂《さき》羽織に馬乗り袴という出《い》で立ちで供も連れていない。二人を見る者たちは、本郷家の家臣ぐらいにしか見ていないだろう。

「城に戻り、うるさい家老らに聞かれたときのことを考えて問うておるのだ」

「今年は豊年満作だ。それでよかろう」

「まあ」

　孫蔵は小さくつぶやき、まあそれでもよいかと、内心であきらめる。言葉少ないほうが無難である。それでも孫蔵は言葉をついだ。

「辰之助、一昨年は絹川《きぬがわ》が暴れて百姓らは難渋した。今年はさいわいひどい嵐に見舞われなかったが、来年はどうなるかわからぬ。それに稲の刈り入れ時に野分《のわき》（台風）がこないともかぎらぬ。いざという場合に備えなければならぬ。そのこと思案すべきであろう」

「おい、孫。何をわけのわからぬことをぬかす。嵐だろうが野分だろうが、そんなものはいつやってくるかわからぬのだ。わかっておれば苦労はせぬ。それとも天の声を聞いて領民らに触れを出せとでも申したいか？」

「さようなことを申しているのではない。いざというときに備えるべきであろう。絹川が暴れると、田畑は大きな害を蒙《こうむ》る。川普請は急いでやっておくべきであろう」

「孫、それはおぬしにまかせる。他の家老衆とよく話し合って川普請に工夫を凝らせ」

「下知はおまえ様が出すのだ」

「よき思案が浮かんだら、こそっと教えてくれればよい。わしはそのことを皆に伝える」

まったくのんびり屋の大名だと、孫蔵は辟易《へきえき》顔で茶を飲み宗政を盗むように見る。

宗政は通りを行き交う者たちを一心に見ている。その視線の先は、若い女ばかりだ。百姓の娘、商家の娘、旅籠の女中、親といっしょに旅をしているらしい女。

「辰之助、言わせてもらう」

「何だ」

宗政は心ここにあらずで女に視線を送りつづけている。

「どうしておまえ様は安穏としておるのだ。ご先代様がせっかくいい国をお作りになったというのに、おまえ様は何もしないではないか」

「何をしろと申す。わしは忙しくはたらくのはいやだ。それに外様《とざま》であるかぎり出世など望めぬ」

「この国をもっと豊かにしなければならぬであろう」

「何か不満があるか？」

と、宗政は言うなり、春之丞を「これへこれへ」と呼びつけた。孫蔵のことなどまったく無視である。

「何でございましょう？」

春之丞は問うが、宗政は一方に歩き去る女を凝視している。それは狙った獲物は必ず捕まえるという鷹のような目つきだ。

「いま鍛冶屋の前を通っている女だ。どこの誰で、歳《とし》はいくつであるか調べてこい。ほれ、小間物屋の前に立ち止まったあの女だ」

孫蔵は釣られて、その女を見た。太り肉《じし》の若い女だった。身なりから百姓か近所の商家の娘のようだ。ちらりとこちらを振り返って、また小間物屋をのぞいている。

孫蔵はまたはじまったかとあきれ顔をする。宗政は女好きだ。しかも美人には興味をあまり示さない。美人より豊満な体をしている女が好みだ。

小間物屋の前に立つ娘は、おそらく宗政の御眼鏡《おめがね》に叶《かな》ったのだろう。

「調べていかがされます？」

春之丞が低声《こごえ》で問うた。

「ふふふ、側女《そばめ》にするのだ」

宗政も低声で応じた。

供をしている孫蔵は、やれやれと首を振るしかない。

四

江戸から帰国して二日後、安綱は言葉どおり平湯庄の視察を決行した。

その朝、奥平城を出た一行は総勢二十五人だった。当初予定の鷹狩りなら二百人から三百人の供をつけるが、今日は他領の視察である。

安綱の胸底には、

（あの地は我が領であった）

という強い思いがある。

安綱は打裂羽織に馬乗り袴、手甲脚絆《てっこうきゃはん》に草鞋《わらじ》履きである。三人の家老に物頭《ものがしら》二人、槍持が二人、そして二人の小姓、他は足軽だった。

三人いる家老のひとりは、安綱の祖父・元綱《もとつな》から仕えている齢《よわい》七十二の古参家老・池畑能登守《いけはたのとのかみ》庄兵衛《しょうべえ》だった。

斯様《かよう》な高齢の家老を連れて来たのは、安綱の意図することで、現地を巡検しながら過去の経緯を聞き、いざという場合に備えて軍略を練るためであった。

めざす平湯庄は城下から約十二里（約四七キロメートル）はあるので、途中で一泊野宿の予定である。帰路もあるので二泊三日の旅だ。

朝靄《あさもや》に包まれた街道に人の姿はなかった。往還の両側には山が迫っており、鳥の声と蟬の声が満ちていた。

「殿、今日はどこまで行かれます？」

安綱のそばに西藤左門がやってきて問うた。

「わからぬ。平湯庄に行くのは初めてである。どこに何があるのかわからぬ。どこぞによい宿でもあればよいが、聞いたところによると立て場の茶屋もないらしいではないか」

「もとより野宿は覚悟のうえでありまするが、無理をして先を急ぐ旅ではございません。見返《みかえり》峠を越えたあたりで、ひと晩過ごしてはいかがでございましょう」

安綱は馬に揺られながら左門を見る。

「その峠までいかほどある？」

安綱は前以《まえもつ》てその行程を調べているが、あえて訊《たず》ねた。

「五里ほどですが、峠へ至る坂道はいささか急でございます。此度《こたび》は池畑能登様がいらっしゃいます」

「言われずとも老体はいたわってやるさ」

「はは」

「見返峠を越えたところで一泊しよう。皆の者にさように伝えておけ」

左門はそのまま馬首をめぐらして、後続の者たちにそのことを伝えにいった。

街道や周囲に立ち込めていた靄はいつしか消え、深緑の山が日に照らされ、風に吹かれる枝葉が白い葉裏を見せるようになった。

（それにしてもこの国は山ばかりだ）

馬を進めながら周囲の景色を眺める安綱は、あらためて思うのだった。

途中で中食《ちゆうじき》を取って休むと、一行は再び足を進めた。日が西にまわり込み、山の端に日が落ちかかった頃、見返峠に向かう念珠坂《ねんじゆざか》を上った。

だらだらと長い坂道である。槍や鉄砲、あるいは糧秣《りようまつ》や着替えの入った箱を持つ足軽たちの足が鈍くなる。安綱は気を遣って馬脚をゆるめる。

見返峠を越えたときに、西の空がきれいな茜色に染まった。それから日が落ちるのは早い。

「殿、この先に開けた地があります。野宿をするのによいと思います」

先駆けをして様子を見に行っていた左門が戻ってきて伝えた。

「案内《あない》せよ」

左門が見つけた野宿の場所は、街道から少し脇に入ったところにあった。開けた場所があり、杉と檜《ひのき》林に囲まれていて、崖下には渓流が流れていた。

日が落ちると一行は火を焚《た》いて粗末な食事をし、それぞれの場所に腰をおろして体を休めた。

安綱は木々の向こうに散らばる星を眺め、そして目の前の焚き火の炎を見つめ、はたと思い出したように、

「能登、これへ」

と、古参家老の池畑庄兵衛を近くに呼び寄せた。

「大儀であろう」

「歳は召しましたがさほどのことではありませぬ」

庄兵衛は足許《あしもと》に落ちていた小枝を焚き火のなかに放った。

「予がそなたを連れて来たのは他でもない」

安綱は庄兵衛の老顔を見つめる。髷の結えぬ禿頭《とくとう》で右目が潰れかかっている。傷は関ヶ原《せきがはら》の戦いで負ったものだ。顔には年輪のようなしわが無数に彫られている。

庄兵衛は安綱の祖父・元綱から仕えている男だった。文禄《ぶんろく》の役《えき》、関ヶ原の戦い、大坂《おおさか》冬・夏の陣で武功を挙げた豪傑である。齢七十を過ぎたいまでも、目の輝きは失われていないし、いたって頑健な年寄りだった。

「平湯庄を取り返すために連れてきたのだ」

このことは鮫島軍兵衛以外の者には話していなかった。

案の定、庄兵衛の目が見開かれた。その目に焚き火の炎が映り込んでいた。

「正気でございまするか?」

「大真面目《おおまじめ》だ。予は詳しいことを知らぬが、あの地は父の代に椿山藩本郷家に譲ったという話だけは耳にしておる」

「譲ったのではございませぬ」

安綱は眉宇をひそめた。

「月祥院《げっしょういん》様の代にお上《かみ》に召し上げられたことがございました」

月祥院というのは、安綱の祖父・元綱の法名である。

「何故?」

初耳だった。

「月祥院様には三人のお子がおありでした。殿のお父上であるご長男の高綱様、次男の輝綱《てるつな》様、三男の頼綱《よりつな》様です。月祥院様はそのお三人に領地分けをされました。平湯庄を領されたのは輝綱様でしたが、ほどなく流行病《はやりやまい》にて身罷《みまか》られました。月祥院様はそれならばと、三男の頼綱様に与えられましたが、生来病弱な質《たち》でこれまたお亡くなりになりました」

「そのことは朧気《おぼろげ》に聞いたことがある」

「月祥院様は立てつづけに我が子を亡くされたことで、ずいぶんお嘆きになり、その憔悴《しょうすい》ぶりは痛々しいほどでございました。わたしら家来衆も殿と同じように悲しみを分かち合ったのですが、そのことが災いしたのです」

「災いだと……」

安綱は薪《たきぎ》の炎に染められた老顔を見た。

「領地を与えられた主《あるじ》が亡くなれば、即刻幕府に届けを出さなければなりませぬが、その届けが遅れたのです。よって幕府預かりの天領となりました。殿の御尊父でありますご先代様が願い立てれば、取り戻すことはできたのでしょうが、荒れて痩せた土地であり、また城下からも離れています。ご先代様はさように荒れた土地をほしがられず、そのままにしておいででしたが、天下普請ではたらきのよかった椿山藩に褒美として、お上から下賜されたのでございます」

「されど、平湯庄は当家の領地であった。それに変わりはないはず」

「昔はそうでしたが、いまは椿山藩本郷家の所領です」

「それを返してもらうことはできぬか」

庄兵衛は首を横に振った。

「荒れた土地です。わたしも何度か平湯庄に足を運んでいますが、ご先代様が心を動かされなかったのはよくわかっております」

「しかし、予は違うことを聞いた。平湯庄はおおむね平坦で田畑が多く、米も麦も芋もよく穫れると……」

「どなたからお聞きになったか存じませぬが、そんな土地ではありませぬ」

安綱は黙り込んで短く思案した。

「昔といまでは変わっているかもしれぬ。能登、そなたが平湯庄に足を運んだのはいつのことだ」

「最後に行ったのは、かれこれ二十年ほど前でございましたか。作物の育つような土地ではありませぬ。仮に平湯庄を返してもらったとしても、苦労を重ねるばかりです」

安綱は一方の闇に目を凝らし、おのれの聞き違いと思い違いであったかと、にわかに落胆した。

「殿、此度はそのための旅でございましたか」

「さようだ。だが、このまま引き返しはせぬ。この目で平湯庄を見てから帰る」

「殿がそうおっしゃるのであれば、わたしも遊山《ゆさん》と思いお付き合い致しましょう」


翌朝、東の山稜《さんりょう》に赤みが差した頃、安綱一行は簡素な食事を取って出発した。峠の坂を下り渓谷沿いに延びる街道をゆっくり進む。

馬上の安綱は、昨夜庄兵衛からなぜ平湯庄が本郷家のものになったか、その経緯と平湯庄の概況を聞いたが、自分の目で見るまではあきらめないと固い心持ちでいた。

年寄りの庄兵衛を連れてきたのは、平湯庄が当家から本郷家のものになった経緯をただ聞くためではなかった。庄兵衛は幾多の戦場《いくさば》ではたらいてきた軍略家である。平湯庄を視察し、いざという場合に備え、老獪《ろうかい》で知謀に長《た》けた庄兵衛の考えを聞き、向後《こうご》のことを思案するためであった。

馬にまたがった庄兵衛は最後尾に従っている。いつになくのんびりした顔である。

（あやつ、ほんとうに遊山気分になったか……）

安綱はちらりと背後を振り返って思った。

坂を下りきるとしばらく平坦な道となった。絹川の流れに沿うように右へ左へと蛇行していたが、絹川から離れるとまた山道となった。葛折《つづらお》りの上り坂である。その坂の頂上が黒谷《くろたに》峠であった。

一行はその峠に到着した。

「殿、この坂を下りたところが平湯庄のはずでございます」

軍兵衛が手描きの地図を見ながら報告する。そこへ庄兵衛の馬が蹄《ひづめ》の音を立てながら近づいてきた。

「殿、坂を下るまでもありませぬ。途中に見晴らしのよい場所があります。そこから平湯庄は一望できます。どれ、わたしが案内に立ちましょう」

そのまま庄兵衛は馬を先に進めた。安綱はそのあとに黙って従った。

峠から四町（約四三六メートル）ほど下ったところにたしかに開けた場所があり、下方に青々とした稲田が見えた。稲穂を実らせた田は、風を受けて波のように動いている。

「これは……」

馬を止めた庄兵衛が驚き顔を安綱に振り向けた。

「能登、これに見えるのが平湯庄であるか？」

「は、はい。さようでございまする。さ、されど……これは……」

庄兵衛は息を呑《の》んで短く絶句したあとで、

「昔の平湯庄ではない」

と、半ば呆然《ぼうぜん》とした顔つきでつぶやいた。

安綱は日の光を浴びる青い稲田を眺めた。豊穣《ほうじょう》の土地ではないか。まさに聞いたとおりであった。

「荒れてもおらぬ。痩せてもおらぬ。まさに豊かな地ではないか」

安綱は感嘆の声を漏らし、抑えがたい欲を覚えながら胸を熱くしていた。

五

椿山藩平湯庄には、四ヵ村がある。その領地には村横目《むらよこめ》二人が置かれていた。

その村横目のひとり、佐藤九兵衛《さとうくへえ》が村役から知らせを受けたのは、昼前のことだった。

「なに、騎馬と槍持が村を……」

知らせに来た下郷《しもごう》村の名主・甚助《じんすけ》は、額の汗を拭き拭き報告する。

「お城から見えられたご重臣かと思いましたが、どうも違うようなのです。検地でもないはずですし、巡検にしても数が多うございます」

「いかほどの人数なのだ？」

「二十五人ほどでございましょうか。お城から見えたお方なら、粗相があってはならないと思いまして、へえ……」

九兵衛は短く思案した。城から巡検が来るなら、先にその旨の沙汰がある。そんな沙汰は受けていない。

「いまその一行はどこにいる？」

「先ほど手前どもの村を通り過ぎ、中小路《なかしょうじ》村に向かったようです」

「その一行は騎馬で、槍持がいたのだな」

「鋏箱《はさみばこ》を持った侍もいました。馬に乗ったお侍は四人でございました」

「どこの誰かはわからぬのか？」

甚助は首をかしげる。

「よし、見に行ってみよう」

座敷に座っていた九兵衛はすっくと立ちあがると、奥の台所にいるおてんという下女に声をかけた。

「これから中小路村に行ってくる。亀《かめ》さんが戻ってきたらその旨伝えてくれ」

下女は土間にあらわれて、前垂れで手を拭きながらわかりましたと答えた。

九兵衛は大小を腰に差すと、詰所となっている粗末な屋敷を出た。カッと熱い日差しが照りつけてくる。蟬の声がやかましい。

村の道は乾いており、先のほうに陽炎《かげろう》が揺れていた。九兵衛は周囲に目を配り、南の方角にある中小路村に足を向けた。甚助が自分はどうすればよいかと言うので、

「おまえはよい。おれひとりで十分だ」

と言って帰した。

周囲には青々とした稲田が広がっている。蝶《ちょう》や蜻蛉《とんぼ》が舞い、ときどき燕《つばめ》が視界を切るように飛んで行く。

しばらく行ったところに村の鎮守、若宮《わかみや》神社がある。その石段に同じ村横目の田中亀之助《かめのすけ》が座って、桃を頬張っていた。

「何だ亀さん、こんなところにいたのですか?」

「おぬしも食うか? この先の百姓からもらったのだ」

亀之助はそう言って一個の桃を差し出し、口のあたりについた果汁を手の甲でぬぐった。

九兵衛は桃を受け取って、甚助から聞いたことを話した。

「お城から来たのではなさそうだな」

亀之助は遠くに視線を飛ばして応じた。九兵衛より五歳年上の村横目で、でこ面《づら》だった。

「いかがします? 一応見に行ってみようと思うのですが……」

「そうだな。やることはないし、見に行くか。これも役目だ」

「中小路村に向かっていたそうですから、こっちです」

九兵衛は桃を齧《かじ》りながら歩きはじめた。それにしても暑いと、亀之助がぼやく。

「まあ、一時《いっとき》の辛抱でしょう。あとひと月もすれば秋です」

「おぬしは呑気《のんき》なことを言う。暑さはまだしばらくつづくに決まっておろう。それにしても、二十五人もの侍がこの村にあらわれるとはめずらしいことだな。お城からの使者でなければ何であろうか?」

亀之助がでこ面を向けてくる。その顔はよく日に焼けていて、広い額はてかてかと光っていた。

九兵衛は「さあ、わからない」と、首をかしげて歩きつづける。日が容赦なく照りつけるので、あっという間に汗をかいた。手拭いで額や首筋をぬぐいながら、周囲に目を凝らす。

平湯庄は平坦だと言うが、言葉ほどではない。ところどころに雑木林の丘があり、西側の山から流れてくる小川が幾筋もある。その小川のおかげで田畑は潤っている。

さらに西の山側は段丘状になっていて、棚田が作られていた。今年は稲の実りがよく、周囲の稲田も棚田も青々としている。

蒸れるような草いきれが九兵衛の頬を撫《な》でていったそのとき、一方に短い行列が見えた。

「亀さん、あれでは……」

亀之助も気づいていたらしく、すでに立ち止まって見ていた。

馬が四頭、そして槍持が二人、箱持が三人、他は足軽風情に見える。九兵衛は「ひぃ、ふう、み……」と数えた。二十五人。

その一行は八幡街道のほうに向かっていた。九兵衛と亀之助のいる場所から三、四町先の村道を辿っている。

「街道に戻るようだな」

亀之助がそう言って足を進めた。九兵衛もあとに従う。一行と稲田を挟んで並行するように歩く。

「もし、お城からの遣いならば挨拶をしなければならぬ」

亀之助はそう言って足を急がせた。九兵衛もつづく。

しかし、街道に出たところで、二十五人の侍たちは城下に背を向ける恰好《かっこう》で、西へ向かった。九兵衛と亀之助から四町ほど離れていた。

「当家の家来衆ではないな」

「では、どこから何のために来たんでしょう?」

九兵衛は亀之助を見た。

「わからぬ。されど、このことは言上しなければならぬ」

亀之助は厳しい顔つきで言った。

六

宗政は本丸御殿奥の自分の座敷でくつろいでいた。

その宗政に小姓の田中右近《うこん》が大団扇《おおうちわ》で風を送っていた。広縁の先には庭園があり、枝振りのよい松や楓《かえで》、百日紅《さるすべり》などが植えられている。百日紅は赤い花を咲かせているが、見るだけで暑い。

軒先の風鈴が、一陣の風に揺れてちりんちりりんと鳴り、蝉の声をかき消したとき、廊下に若家老の田中孫蔵があらわれた。

「殿……」

このときは城中なので、「辰之助」と呼び捨てにはしなかった。

「何用だ？」

「その身なりはいかがされました。褌《ふんどし》一丁ではありませぬか」

孫蔵に指摘されるように、宗政は着物を脱ぎ捨て、褌一丁の裸同然の姿だった。

「暑いからのう。このほうが楽なんじゃ」

「一国一城の主でございますよ。たとえ暑かろうと、その身なりは感心できませぬ」

「うるさいことを言うな。わしは水浴びでもしたいと考えているのだが、何用だ？」

「不審な侍の一行が領内をうろついていたという知らせが入ったのです」

「道にでも迷った者たちか……」

宗政はそう答えて、大団扇で風を送っていた小姓を下げ、扇子をぱたぱたさせながら孫蔵を見た。

「知らせによりますれば、当家の侍ではなく、他領からやってきた侍の一行だったようでございます」

「そやつらがどうした？　領内を通る侍などめずらしくはなかろう」

「それがおかしいのです。その一行は二十五人、平湯庄の村々を探るように見て行ったそうなのです。村横目はその一行を見たあとで、平湯庄の村役らを集めて話を聞き、不審を募らせておるようです」

「何故に……」

「村役らが申すには、その一行は出会った百姓から、平湯庄の石高《こくだか》や年貢や小物成《こものなり》などについて詳しく聞き取りをしたそうでございます」

小物成とは田畑にかかる本年貢以外の雑税である。

「物好きな者がいるのだな。そんなことを聞いても何の役にも立たぬであろう」

「殿、あやしいと思いませぬか？」

「何を……」

宗政ははだけた胸を引っかいて、しかめ面をしている孫蔵を眺める。

「平湯庄は当家の領地ではありますが、昔は他領でございました」

「そうであったな。そう聞いておる」

「かつてあの地は荒れ放題で、とても作物のできるところではなかったと聞いております。しかるにご先代様が将軍家から下賜されたあと、当家は開墾し水路を整え、稲や麦や芋などの作付けをいたし、実り多い土地にしました。平湯庄の村を離れていた百姓も戻り、村の石高は年々増えております」

「それは何より……」

宗政はぱたぱたと扇子をあおぎつづけ、ときどき孫蔵に風を送ってやる。

「平湯庄はかつてないほど豊かな土地に変わっております。その地をほしがる他家の巡検であったならばいかがお考えになります？」

孫蔵がまじまじと見てくる。いつにない真剣な顔つきだ。

「孫蔵、いったいどこから来た話だ？」

「村横目の田中亀之助から田中三右衛門《みつえもん》に知らされ、そしてそれがしに……」

「おぬしに上申されたというわけであるか。それにしても、この国には田中が多いのう。田中の言上を田中が受け、そしてまた田中に知らされたと……」

「殿、冗談を申しているのではありませぬよ」

孫蔵は遮って顔を厳しくする。

「いやいや、田中が多いのはまことのことだ。鈴木も多いし、山田も多い。ありふれた姓ばかりで、わしは田中と言われてもぴんと顔が浮かんでこぬ」

「わたしは戯《ざ》れ言《ごと》を申しているのではありませぬよ。あの地をほしがる他家が巡検したのであれば、由々しきことではありませぬか」

「見て廻るだけなら気にすることはないだろう。好きに見物させておけばよいのだ」

孫蔵はあきれたようにため息をつき、かぶりを振った。

「殿、その一行は街道を西に去ったと言います。西にはどこの国がありますか?」

「奥平藩宇佐美家だ。そのぐらいわしとて知っておる」

「宇佐美家は譜代大名家です。さらに、平湯庄はかつては宇佐美家の領地でした。宇佐美家は譜代と申しても、探題《たんだい》の役目を仰せつかっている家柄。その宇佐美家が平湯庄をほしがるようなことがあれば、厄介なことになります」

「ほしいと言われてもやるわけにはまいらぬ。孫蔵、おぬしも苦労性だのお。そんなことをいちいちわしに言わなくてもよいではないか」

「なれど……」

孫蔵は顔を赤くして黙り込んだ。

「なれど、なんじゃ？」

「宇佐美家に難癖をつけられたら面倒ではございませぬか。相手は幕府重役職に就ける譜代大名家。老中、大老、若年寄、いえ上様《うえさま》とも深い繋がりのある家柄。謀《はかりごと》を仕掛けられたら太刀《たち》打ちできませぬ」

「たわけ。そんなことを気にしていたら昼寝もできぬ。当家には何も落ち度はない。それなのに謀を仕掛けてくるなら、受けて立つ。何も悪いことをしていないのだ。堂々としておればいいのだ。そうではないか」

「……たしかに」

小さくうなずいた孫蔵は、口の端にふっとした笑みを浮かべて宗政を見た。

「不思議だ。不思議でございます」

「何がだ……」

孫蔵が膝をすって近づいてき、身を乗り出して小姓に聞こえないような低声で答えた。

「不思議なのだ。おまえ様にそう言われると、おのれの懸念や不安がふわっと消えてしまうのだ。たしかにおまえ様の言うとおりであろう。何もやましいことをしていないのだから、堂々としておればよいのだな。とにもかくにもおまえ様は一国一城の主たる男だ」

「何をいまさら……。ああ、そうだ」

宗政は突然思い出した。

「何でございましょう？」

「あの城下で見た女のことだ。ここに呼んでくる算段はついているのか？」

「ああ、あのこと……」

孫蔵はあきれたように嘆息した。

「会いたいのう」

虚空に目を向けてつぶやく宗政の脳裏に、先日城下で見かけた太り肉の女の姿が浮かんだ。顔はしかと覚えていないが、ふくよかな体つきははっきり思い出せる。

そのとき、廊下に足音がして、入側《いりがわ》に鈴木春之丞があらわれた。

「申し上げます。城下で見かけた女のことがわかりましてございまする」

それを聞いたとたん、宗政は目を輝かせた。

第二章　平　湯　庄

一

宇佐美左近将監安綱《うさみさこんしょうげんやすつな》は平湯庄《ひらゆしょう》から帰ってきても、何度も彼《か》の地を思い出していた。夢にさえ出てくる始末である。

青々と実った稲田。山側にも棚田が作られており、そこにも青い稲が風に吹かれて波打っていた。百姓たちの顔は活《い》き活《い》きとしていた。

平湯庄の産物は米だけではない。裏作として麦が植えられると知った。

古参家老の池畑庄兵衛《いけはたしょうべえ》は、平湯庄は荒れて痩せた土地だったと言った。だから、安綱の父高綱《たかつな》は手をつけなかった。それは城下から遠く離れた地にあることも吟味されたのだろうが、安綱が見た平湯庄は魅力的な地であった。

庄兵衛も驚きに目をみはったほどだ。

(父上はしくじられたな)

そんな思いが安綱にはあった。たとえ一度は幕府に召し上げられたとはいえ、請願すれば取り返すことはできたはずだ。

(父上はそれを怠られた)

障子を開け放した奥書院に座っている安綱は、庭にある木々に目を凝らした。松に楓《かえで》に梅に椿《つばき》……。その下に低木の躑躅《つつじ》や錦木、雪柳が植えられている。

城はけたたましく鳴く蟬《せみ》の声に包まれているが、平湯庄に思いを馳《は》せる安綱の耳には入っていなかった。

胡坐《あぐら》を組んで座っていた安綱は、何かにはじかれたようにすっくと立ちあがり、

「評　定《ひょうじょう》だ」

と、言ってそばに控えていた小姓の剣持《けんもち》小平太《こへいた》を見た。

「これからでございましょうか……」

「重臣らを雁之間《かりのま》に呼べ」

小平太は短く返事をすると、そのまま立ち去った。

それから半刻《はんとき》(約一時間)後、本丸御殿雁之間に、藩の主だった重役らが顔を揃《そろ》

えた。

鮫島軍兵衛《さめじまぐんべえ》、妹尾与左衛門《せのおよざえもん》、池畑庄兵衛、西藤左門《さいとうさもん》、岸川六郎兵衛《きしかわろくろうべえ》の五人だった。

「話は他でもない。予は先日、椿山《つばきやま》藩領にある平湯庄を巡検してまいった」

安綱は五人の家老をゆっくり眺めてから口を開いた。

「あの地はかつて、当家のものだった。何故《なにゆえ》、椿山藩本郷《ほんごう》家の領地になったか、そのことは供をしてくれた池畑能登《のと》から教えてもらった。おぬしらはそのことを知っておったか？」

一同短く黙り込んだが、

「わたしは存じておりました」

と、口を開いたのは国家老の岸川六郎兵衛だった。

一同、六郎兵衛を見た。齢《よわい》六十三。鶴のように痩せた男だが、安綱の父高綱に仕え、大坂冬・夏の陣で戦ってきた老獪《ろうかい》な策士だ。

「何故、父上はあの地を手放された。いや、幕府に召し上げられたというのは庄兵衛から聞いて知ったが、そのまま父上は捨て置かれた」

「平湯庄を我が領地にするにはいささか遠うございます。峠を二つ越えなければなりませぬし、十二里ほど離れています。おまけにあの地は荒れ地で痩せております。

ご先代様が手放されたのはごもっともなことでございました」

「たわけッ」

安綱の一喝に、六郎兵衛は細い肩をびくっと動かした。

「たしかに当時はさような土地であったであろうが、見る目がなかったのだ。父上は表だけを見てこの地は使いものにならぬと考えたのであろうが、そばについているおぬしらがもっと目を開いておればさようなことにはならなかった」

「殿、そうおっしゃっても平湯庄は遠くて便が悪うございます。おまけに作物の育つような土地柄ではございません」

「六郎兵衛、おぬしは土地の詮議をしたのか。そのうえで申しておるのか？」

「詮議も吟味もございません、一目瞭然でございました故」

「予の祖父は、あの地を叔父《おじ》の輝綱《てるつな》殿に分け与えられた。さりながら輝綱殿は早くに亡くなられた。そして、祖父は末の子であった頼綱《よりつな》殿に分領された。そうであるな」

「いかにも」

六郎兵衛は殊勝に答えた。

「いかに平湯庄が遠かろうが、痩せた土地であろうが、祖父はあの地にこだわっておられたのではないか」

「それは……」

六郎兵衛は何ともいえぬという顔で、ちらりと長老格の庄兵衛と顔を見合わせた。

「それはなんじゃ？　申せ」

「こだわりはなかったのではないかと思いまする」

安綱はふんと鼻を鳴らして、帯に差していた扇子で脇息《きょうそく》をたたいた。

「こだわっておられたのだ。だから、父上の二人の弟に分け与えられた」

「………」

「庄兵衛、平湯庄がいまどんな地であるか申してみろ」

池畑庄兵衛は一度咳払《せきばら》いをして答えた。

「かつてそれがしが見た土地と大きく様変わりをしておりました。稲が良く育つ肥えた土地でございました。我が目を疑いましてございまする。まさに驚きの一言」

「おそらく祖父はそのことを見越しておられたのだろう」

「殿、お言葉ではございますが……」

六郎兵衛だった。

「何だ、申せ」

「何故、平湯庄のことを気になさるのです？　あの地は椿山藩本郷家の領地でございます。こだわりを持っても致し方ないことでございます」

「致し方ないだと……」

「他国の領地を羨ましがっても詮ないことではございませぬか」

「元は当家の領地だったのだ」

「なれど、いまは違います」

「元に復するのだ」

「は……」

六郎兵衛は目をしばたたいた。その頰には二つの古傷が刻まれている。大坂の陣で戦ったときの戦場傷だ。

安綱は六郎兵衛を短く眺めたあとで、他の家老連に顔を向けた。

「この国は豊かであるか？」

みな沈黙。

「当家は公には三万石。そのじつ、二万石に満たぬ貧乏国だ。そうであろう」

全員沈黙を保つ。

「領民の暮らしも豊かではない。そのほうらの禄《ろく》も少ない。豊かにするために、禄を上げるために、いかがすればよいかよくよく考えたことがあろうか。予は譜代大名、江戸においては帝鑑之間《ていかんのま》に詰める。いずれは老中や大老の道も拓《ひら》ける。さりながら懐が潤うことはない。何をするにしても費《つい》えがいる。領民の暮らしもそのほうらの暮らしをよくするのにも、そして予の出世のためにもだ。ならばどうするべきか、何をするべきか……」

「殿、平湯庄を取り返すおつもりでございましょうか」

六郎兵衛だった。

「その腹づもりだ。もっとも他にも考えはある。今日はみなまでは申さぬが、いかにしたらこの国をよりよくできるか、そのことを考えてもらう。よいな」

安綱はさっと立ちあがり、もう一言足した。

「考えるのだ」

二

雨が降って東の空に虹ができた。

雨は通り雨であった。そのせいで幾分涼しくなった。

椿山藩の本郷隼人正宗政《はやとのかみむねまさ》はその朝から気持ちがそわついていた。何より城下で目をつけた女がやってくる日なのだ。

あの日から数えて九日たっている。しかとこの目で見ないとわからないが、宗政は自分の思い描いている女に相違ないと確信していた。

女の名前は、たけと言った。百姓の娘で十八歳だった。むろんおぼこに相違ない。生娘《きむすめ》だ。考えるだけで涎《よだれ》が出そうになる。

宗政には江戸に人質として在府している正妻がいる。凜姫《りんひめ》だ。妻は妻でよいのだが、淡泊な女だ。

精力旺盛な宗政にとってはやや不満足な妻である。それゆえに国許《くにもと》には側女《そばめ》を三人抱えている。が、しかし、もっとも若かったきんという女が、宗政の参勤中に床に臥《ふ》してそのまま死んでしまった。

他に二人の側女はいるが、

(もう飽きた)

のであった。

宗政はきんの代わりになる女、きんよりいい女をほしいと思っていた。

「春之丞《はるのじょう》！　春之丞！」

宗政は小姓頭《がしら》を呼んだ。

廊下の奥から足音もさせずに、鈴木春之丞がやってきた。

「お呼びでございましょうか？」

春之丞は整った面《おもて》を向けてきた。この男は歳《とし》は三十だが、美丈夫である。宗政には男色の気はないが、いつもいい男だと思っている。

無骨な顔をしている宗政は羨ましいと思ってもいる。だが、それは親から授かったもので、いかほどほしがっても手に入らぬものとあきらめている。

「呼んだから来たのであろう」

「はは」

「ま、よい。これへ」

宗政は書院の奥へ春之丞をいざなった。

「おたけという女だが、今日城に来ることになっているな」

「さように手配りを致しております」

「うむうむ。それで、何刻頃まいるであろうか？　昼頃か、それとも八つ（午後二時頃）時分であろうか……」

「夕刻までにはまいるはずです」

「夕刻……」

宗政は表に目を向けて空を眺めた。さっきまで虹の出ていた空は、青く晴れわたっていた。日の暮れ前まではまだずいぶんと時間がある。

「誰が迎えに行くのだ？」

「右近《うこん》でございます」

田中右近。同じ小姓で、まだ若い男だ。

「さようか。粗相のないように連れてくるように申せ」

「しかと申しておきます。して、殿……」

「なんだ？」

「あの、そのぉ、いくら暑いからといっても、そのなりは少しお考えいただきとう存じます」

春之丞はいかにも言いづらそうに諫言《かんげん》した。

言われた宗政は、自分の裸の体を眺めた。褌《ふんどし》一丁なのだ。

「暑いからのぉ」

「そのままだと初めての対面となるおたけが驚きます。いいえ、驚くどころではなく逃げ出しかねませぬよ」

「そう思うか……」

「殿は一国一城の主《あるじ》、お慎みくださりませぬと……」

「さようか。相わかった。下がってよい」

春之丞が去ると、宗政は次之間に脱ぎ散らかしていた小袖を羽織った。袴《はかま》を穿《は》くのは面倒だから、小袖の帯を締めて廊下に出た。

「待ち遠しいのぉ……」

独りごちたときに、廊下の奥から郡《こおり》奉行の田中三右衛門《みつえもん》がやってきた。

「殿、お話ししたきことがあります」

「なんだ」

宗政は跪《ひざまず》いた三右衛門を眺めた。

「先日、平湯庄に怪しい一行があらわれたという話がありましたが、その後詮議致したところ、どうも奥平《おくだいら》藩宇佐美家のご重臣だったようでございます」

「左近《さこん》殿の家中の者であったか」

「よくよく詮議致したところ、妙だと思うのでございます。拙者は先ほど平湯庄の見廻《みまわ》りから戻ってきたばかりでございますが、宇佐美家の者たちは平湯庄の百姓五、六人に作物の穫れ高を根掘り葉掘り問いただしたばかりでなく、年貢のことなども聞き取っていったと申します」

「ご苦労なことであるな」

宗政はむずむずする鼻に小指を突っ込んだ。

「殿、おかしいと思われませぬか？」

「何をだ？」

「平湯庄は元は宇佐美家の領地でございました。それをお上《かみ》が一度召し上げ、それからご先代様の時代に上様《うえさま》より賜った土地です」

「そう聞いておる」

「あの地を拓くのにご先代様はずいぶんと苦労なさいました。荒れ地を耕し拓くために、ご先代様は厳しい夫役を課していまの平湯庄をお作りになりました。いまや平湯庄は当家にとって、なくてはならぬ大事な御領でございまする。もし、その地が奥平家に戻されるようになれば国の一大事でございまする」

「さような話が出ておるのか？」

「出てはおりませぬ。しかし、おかしいと思うのです。わざわざ奥平家が平湯庄を見廻り、百姓らに話を聞くことは、何か心算あってのことだと思われます。ここは宇佐美左近様の底意を探るためにも、殿に平湯庄を見廻ってほしいのでございます」

　宗政はぼんやりと表に目を向けた。面倒なことを言うやつだと思うが、おそらく三右衛門は孫蔵《まごぞう》や家老の佐々木一学《ささきいちがく》に唆《そそのか》されて諭しに来たと考えた。

　宗政はその辺の勘は鋭い。ここで三右衛門の訴えを拒んだら、孫蔵や一学がうるさくものを言いに来るのが目に見えている。

「いつ、見廻りをしろと申す?」

「まだ日は高《たこ》うございます。これからでいかがでしょうか?」

「これからだと?」

　宗政は語尾を上げて言った。平湯庄までは城下から十五里（約五九キロメートル）はある。これから出立すると帰りは、早くても明日の夕刻になろう。今日の夕刻にはおたけがやってくる。

　平湯庄の見廻りに行くのはやぶさかではないが、おたけに会うのが先延ばしになる。

「殿、お支度を……」

　宗政はせがむように言う三右衛門の狐顔《きつねがお》を眺めてあきらめた。

「わかった」

三

椿山城を出た平湯庄巡検の一行は、八幡《はちまん》街道を西に向かっていた。先頭集団に宗政と供廻り十五人、つづいて槍持《やりもち》と箱持の足軽ら二十人、しんがりが田中孫蔵と佐々木一学のいる一隊十五人だった。

（村廻りをするだけなのに、少し大袈裟《おおげさ》ではないか……）

しんがりについている田中孫蔵は、先頭集団にいる宗政の大きな背中を眺めながら思った。しかし、これは知恵者の佐々木一学の考えだった。

宗政を説得するのも、自分たちではなく郡奉行にまかせたほうがよいと一学が言ったので、不安はあったが三右衛門はうまくやったようだ。

それでも、巡検の数が多い気がする。孫蔵は隣に並んで進む一学を見た。

「一学殿、いささか仰々しいのではありませぬか」

「何がである？」

馬に揺られながら一学が見てくる。色白で細面だ。思慮深い知恵者で、先見の明のある男だった。

「この一行でございます」

一学は孫蔵より三歳上だった。それに切れ者だから、孫蔵は尊敬しているし頼りにもしている。平湯庄に怪しい侍集団があらわれたと聞き知ったとき、そのことを深く詮議させたのも、宗政の平湯庄巡検を考えたのも一学だった。

「さようには思わぬ。殿自ら村廻りを行えば、村の者たちは安堵《あんど》致すであろうし、また忠義の心を強くするはず。大事なことだ」

「ま、そうでございましょう」

孫蔵は異を唱えられない。一学の言うことはまったく的を射ている。いつものことだが、この国には一学のような知恵者の家老がいるから藩政に怠りがない、もし一学がいなかったらどうであろうかと、孫蔵は考える。

（おそらく、うまくいかぬであろう）

孫蔵がそう思うのは、藩主宗政が鷹揚《おうよう》すぎるほど鷹揚だからである。悪く言えば、ずぼら。よく言えば、物事に動じない堂々とした人物である。

そんな宗政のことを、一学は一言で評する。

――まさに、大将の器に相応《ふさわ》しい方である。

だが、孫蔵は悪戯盛《いたずらざか》りの子供の頃より宗政と深い繋《つな》がりがあり、その気性をよく知っている。だから、こう思うのだ。

——辰之助《たつのすけ》はうつけではないか。

そのうつけの馬が急に立ち止まった。何事かと孫蔵が見ると、

「孫蔵、孫蔵！」

と、宗政が振り返って呼ぶ。

「何かあったか？」

一学が怪訝《けげん》な顔をした。

「ま、呼ばれたので行ってみましょう」

孫蔵は口取りの足軽に、離れよと命じ、手綱を持ち直して馬を進めた。

「何をまごまごしておるんだ」

宗政のそばに行くなり、小言を垂れられた。孫蔵はそれには応えず、

「いかがされました？」

と、問うた。

「どこで休むのだ？　明日には必ず城に戻ることができるのだな？」

孫蔵は何だそんなことかと思いながら答える。

「どっこい坂の下で一泊ののち、翌早朝に村廻りをし、そのまま城に戻ります」

「城には何刻頃戻ることができる？　日のあるうちに戻れるか？」

「おそらく……」

「ならば、明日の夜明け前に今夜の宿地を出立することにしよう。わしには大事な用がある」

孫蔵はついてきた一学を一度振り返ってから、

「承知致しました」

と答えた。

「一学、それにしてもな」

宗政は、今度は一学に声をかけた。

「何でございましょう？」

「何故、斯様《かよう》な大勢で村廻りをしなければならぬ」

「はは、それは村の百姓らに、殿の顔を覚えてもらうことがひとつ。殿が村を大事に思われていることを知ってもらうことがひとつ。藩主自ら村を廻ることは肝要なことでございます。そのことで領民らは殿への忠義心を強く致しましょう。また、殿も領内の有様を知ることで、国の治め方に工夫を凝らすことができるのではございませぬか」

「もっとも至極であるな」

「殿が平湯庄に足を運ばれたのは、家督を継がれたその年以来でございます」

「たしかに四年ぶりのことである」

「できれば年に一度、いや年に二度は領内巡検を行うべきではないかと思いまする。向後《こうご》はさようになさるのを望みまする」

「ふむ」

宗政は興味なさそうに馬を進めた。孫蔵と一学はそのままあとに従う。

周囲には青々とした稲田が広がり、真っ青に晴れた空には大きな雲が浮かんでいた。蟬の声が稲田をわたり、燕《つばめ》が舞い交っている。

一行は馬追坂《うまおいざか》、通称〝どっこい坂〟の麓まで進み、そこで夜露をしのぐことにした。

先触れとして走っている郡奉行の田中三右衛門が、一行の宿を整えており、そこで一泊することになった。宿と言っても、百姓の家を強引に空けさせたのである。

宗政には村名主の家があてがわれ、孫蔵と一学もその家でもてなしを受けた。

「よし、今宵《こよい》は宴会じゃ！」

村名主の家に入るなり、宗政が宣告するように声を張った。

「孫蔵、家来をこの家に呼ぶんだ」

その言葉に仰天したのは、新右衛門《しんえもん》という村名主だった。困惑顔でうちはさように広くはないのですがと、肩をすぼめて孫蔵を見てきた。

「殿、明日のことがあります。家来衆には体を休めてもらいましょう」

孫蔵はそう言って言葉を足した。

「あえて疲れさせるよりは、そのほうがよいと考えまするが……」

「ふむ、まああやつらは歩きどおしであるからな。わかった」

こんなところは単純なので、宗政は御し易《やす》い。

四

宗政は浴びるように酒を飲む。それでも泥酔はしない。そばについている孫蔵は下戸《げこ》であるから、気持ちよさそうにほろ酔いで話す宗政に相槌《あいづち》を打つ程度だが、一学は酒が入ったせいか少し口が軽くなっていた。

「殿、何故急な巡検をするかお考えになりましたか？」

「おぬしらに考えがあるからだろう」

宗政は一学と孫蔵を見て盃《さかずき》をほし、剝《む》き出しの脛《すね》に吸いついた蚊をたたき潰した。

「蚊遣りをもっと焚《た》いてくれぬか」

孫蔵は気を利かせて小姓の右近に指図する。

「先日平湯庄に怪しい侍の一行があらわれた話は殿の耳にも入っていましょう」

一学は嘗《な》めるように酒を飲んで宗政に話しかける。色白の顔がほんのり赤くなっていた。

「聞いておる」

「詮議致したところ、その一行はどうも奥平藩宇佐美家の家来衆だった節があります。宇佐美家は山奥にある小藩でございます。されど、上様や老中をはじめとした幕府重臣に顔の利く譜代大名でございます」

「左近殿とは何度か話をしたことがある。まあ、挨拶程度ではあったが……」

宇佐美左近将監《しょうげん》安綱は江戸城においては帝鑑之間詰め。宗政は大広間であるから、接触はなきに等しいはずだ。だが、宗政は磊落《らいらく》な人柄だから安綱と擦れちがった際に挨拶を交わしたのだろう。孫蔵はそう推察した。

「明日巡検を致しますす平湯庄は、殿のお父上、つまりご先代が上様より賜った地であります」

「知っておる」

　宗政は少しうるさそうな顔をして、一学に答えた。

「ご先代様はあの地を開墾するのにずいぶん苦心されました。そのおかげでいまの平湯庄があります」

「一学、何を言いたいのだ」

　宗政は一学をにらむように見た。

「一国の大将というのは、常にまわりの動きを警戒しなければなりませぬ。とくに隣国の動きには注意が必要でございましょう」

「戦国の世は去った。いまは泰平の世だ。いらぬ心配」

「いえいえ」

　一学は身を乗り出してつづける。

「殿、よいですか。平湯庄はもともとは、宇佐美家の領地だったのでございますよ。その当時は作物の穫《と》れそうにない野ざらしの村だったと申します。さような土地を上様から賜ったご先代が苦心をされて開墾され、いまの平湯庄になったのです。米も麦も青物もよくできる土地です。当家はその平湯庄の年貢によって恩恵を受けています」

「まあ、それはわかる」

孫蔵は宗政の顔を見て、ほんとうかなと、内心でつぶやく。

「さような土地を、もし、もしですよ、宇佐美家が返してくれと申したらいかがなされます？」

「できぬ相談だ」

宗政は切り捨てるもの言いをして酒をあおる。もう一升は飲んでいる。

「ごもっともでしょう。さりながら相手は幕府重臣に顔の利く家柄。手練手管で領地返上の策を弄するやもしれませぬ」

宗政は盃を膝に置いて、一心に話す一学を長々と凝視した。

「おぬしは宇佐美家が平湯庄を乗っ取りに来ると申すか」

「安穏《あんのん》としておれば、さようなこともあるかと……」

「先日平湯庄をうろついていた侍の一行が、宇佐美家の家臣だった節がある。故にさような危惧《きぐ》をしろとわしへの忠告であるか」

孫蔵は内心で「ほう」と驚く。単なる馬鹿ではないなとも。

「一学、わしはどんなことがあろうと、平湯庄は誰にもわたさぬ。何より亡き父上が苦労して作り上げた土地だ。明日はじっくりその村々を見てから帰る。固い話はこの辺でやめておけ。孫蔵、何か面白い話はないか」

この辺は宗政の度量の大きさであろうか。神経質な一学を一蹴して、一気に座を和ませる。


翌早朝、宗政一行は宿泊した村を出てどっこい坂を上りはじめた。ここは急峻《きゅうしゅん》な坂道で、しかもだらだらと長くつづく。周囲には朝靄《あさもや》が立ち込めていたが、東雲《しののめ》に日が昇りはじめると見通しがよくなり、鳥の声と蟬の声が沸いてきた。

薄絹のような靄が消えると、深緑の山々が姿を見せ、やがて青々と稲を実らせた田が広がってき、平湯庄に到着した。

坂を上り切ったところに二人の村横目と平湯庄下郷村の村名主が待ち受けており、挨拶をした。

田中亀之助《かめのすけ》、佐藤九兵衛《くへえ》、そして村名主の甚助《じんすけ》だった。一行はその三人の案内で順々に村を見ていった。

村はおおむね平坦《へいたん》であるが、西のほうはさほど高くはない観音山《かんのんやま》を背負っており、平坦地までは棚田が作られていた。その棚田も青々と実っている。

村の道を辿《たど》っていくと、ところどころで百姓たちが待ち受けており、宗政に深々と頭を下げて迎えてくれる。

「大儀であるな」

宗政は百姓らに声をかける。

「今年は豊作であるか？」

「お陰様で稲も他の作物もよく育っています」

百姓が恭《うやうや》しく答えれば、

「それは重畳《ちょうじょう》。体に気をつけて励んでくれ」

宗政にねぎらいの言葉をかけられた百姓は、思いがけずも落涙した。

そばに控えている孫蔵は思わず胸を熱くした。宗政のよきところである。さらに宗政は言葉を重ねる。

「おぬしらのおかげで国はなっておる。礼を申す」

百姓たちは藩主に礼を言われたことがよほど嬉《うれ》しいのか、驚き顔をすると同時に感激の涙を目に浮かべるのだった。

一行が遠ざかっても、彼らは深々と頭を下げたまま、

「ありがたや、ありがたや」

と、つぶやきの声を漏らしていた。

（やるではないか辰之助……）

孫蔵は宗政の広い背中を眺めて感心し、いつになく宗政を頼もしく思った。

その宗政の対応は、どの村へ行っても変わることはなかった。

「殿は領民の心をつかまれた」

一学が孫蔵にぽつりとつぶやき、頬をゆるませた。

「一学殿の見事な計らいがあったればこそです」

孫蔵は一学を見て口辺に笑みを浮かべた。

「お殿様、見晴らしのよいところがございます。そこからはお城も城下もあたりの村も眺めることができます」

案内役の甚助が立ち止まって宗政を振り返った。

「殿、まことによいところでございます。是非にもお立ち寄りいただいたほうがよいと思います」

甚助と案内に立っている村横目の田中亀之助も言葉を添えた。

宗政は短く思案したあとで、案内せよと言った。

一行は下郷村に戻り、若宮神社の先へ足を進めた。甚助がこちらでございますという前に、一行はその見晴らしのよさに目を奪われた。

（こんなところがあったのか……）

孫蔵は内心で感嘆の声を漏らし、宗政の横顔を盗み見た。

宗政は感に堪えないという面持ちで眼下の景色を眺めていた。青々とした稲田が広がり、まるで波のように稲がうねっている。

城下の町に延びる八幡街道が見える。城の南側を流れる絹川は、日の光を照り返して輝いている。

さらにそのはるか先には光る海も見え、水平線の上には白い雲が浮かんでいる。

「ここはよいところだのぉ。城はこの地に造るべきであった。敵に攻められても、敵は急などっこい坂を上らねばならぬから、そこで押し返すことができる。西には観音山があるので、背後の守りは心配がいらぬ。おまけにこの地は崖の上にある。北からも攻められる心配はない」

宗政はそんなことをまるで独り言のようにつぶやいた。それを聞いた一学が、

「殿、仰せのとおりでございます。まことに城を建てるには相応しい地でございます」

と、宗政同様に眼下の景色を眺めた。

「我が父は、何故そうされなかったのだろう……」

その疑問には誰も答えなかった。

「さて、まいろう」

宗政が馬首をまわしたので、皆もそれに従い、一行はそのまま帰路についた。

五

宗政が帰城したのは西の山に日が没し、あたりが薄暗くなった時分であった。馬から身軽に飛び下りた宗政は、平湯庄に同行した家来らに、

「大儀であった。今宵はゆるりとせよ」

と、一言言っただけで、先を急ぐように本丸御殿の奥に入った。

(おたけは来ているだろうか？)

平湯庄を巡検している間も、宗政は頭の片隅でおたけのことを気にしていた。

奥の間に入ると、着ていた野袴や羽織を脱ぎ捨て、暑さをしのげる越後縮《えちごちぢみ》を羽織って、片づけをしている小姓の右近に、

「春之丞を呼んでまいれ」

と、指図した。

宗政は帯を締めると、書院に入って脇息に凭《もた》れて座り、扇子を開いて胸元に風を送った。廊下には日除《ひよ》けの簾《すだれ》が垂らしてあり、吊《つ》るされている風鈴がちりんちりんと鳴った。

やがて春之丞が廊下にあらわれた。

「おたけはいかがした？」

宗政は開口一番に問うた。

「控えの間にて、殿のお帰りを待っておりました」

宗政はくわっと目をみはった。よかったと、胸を撫《な》で下ろす気分だ。

「さようか、すぐに呼んでまいれ」

春之丞が去ると、右近が燭台《しょくだい》と行灯《あんどん》に火を点《とも》した。うす暗かった部屋が明るくなり、自分の影が松や桜の描かれた金屛風《きんびょうぶ》に映った。

しばらくして二人の老女の案内を受けながらおたけがやってきた。恥ずかしそうにうつむき、深々と頭を下げる。

「おたけであるか？」

「はい」

低くかすれた声だった。湯浴みをし、着物を着替えたらしく涼しげな縮を羽織っていた。

「これへ、もそっとこれへ」

おたけは膝を摺《す》りながら近づいてくる。顔は畳を見たままだ。

大きな尻に肉がたっぷりついている。子宝に恵まれる体だと、着物の上からでもわかる。

「面を上げよ」

おたけは短く逡巡《しゅんじゅん》して、ゆっくり顔を上げた。日に焼けた浅黒い顔をしている。醜女《しこめ》である。だが、宗政の目はおたけの腰のあたりから胸のあたりに注がれていた。豊かな体をしている。豊満である。

（わしの見たとおりの女だ）

宗政は頬をゆるめた。

「固くならずともよい。わしは取って食おうというのではない。右近、夕餉《ゆうげ》の支度を」

入側《いりがわ》に控えていた右近に命ずると、右近が去り、二人の老女も立ち去った。

二人だけになった宗政はまじまじとおたけを眺める。おたけはうつむいて、宗政に目を合わせられないでいる。

「親は百姓だと聞いたが……」

「はい」

「達者か？」

「はい」

「そなたは十八だと聞いたが、さようか？」

「はい」

宗政はたわいもない問いをいくつか重ねた。おたけはその都度「はい」と返事をする。

間が持てなかったが、やがて酒肴《しゅこう》が運ばれてきた。膳部は二つ。宗政はまずはおたけに酌をさせてから食事を勧めた。

それでもおたけは箸に手をつけようとしない。それが礼儀である。

「わしはそなたを城下でひと目見て気に入った。わしの好みの女だと思った。故にどうしても近づきになりたいと思った。悪く思うな」

「いいえ」

おたけはか細い声で答える。料理はどれも冷めていて味気ない。毒味を終えてから運ばれてくるからどうしてもそうなる。

話ははずまず、宗政は酒を二合飲みほすと料理を下げさせた。それから風呂に浸かり、寝間に入った。そこには床が二つ延べられている。次之間におたけが控えていた。

「おたけ、これへ」

次之間に控えているおたけに声をかけると、恐る恐ると襖《ふすま》が開けられた。入ってこいと言うと、おたけは恥ずかしそうに膝行《しっこう》してきた。すでに寝間着であった。

宗政は夜具の上で胡坐をかき、おたけに立てと命じた。おたけはゆっくり立ちあがる。

「脱ぐのだ。そなたの体を見たい」

おたけは躊躇《ためら》っていた。宗政は辛抱強く待つ。

寝間は静かである。明かり取りの丸窓にあわい月の光があり、部屋の隅に行灯がともっている。おたけはずいぶん躊躇ったあとで、肩から寝間着をするりと落とした。

目の前におたけの全身がさらされた。たっぷり肉のついた体は行灯の明かりに染められている。

腰はくびれておらず、腹の肉付きもよい。そして子を産んだ牛のように大きな乳房。

顔は日に焼けているが、体は大根のように白い。

宗政は夜具に横になれと命じ、自分もその隣に身を横たえた。そっとおたけの肌に手を這《は》わせる。ぴくっとおたけの体が反応する。白い肌は搗《つ》き立ての餅のように柔らかく、すべすべしている。いい体だと、宗政はほくそ笑む。

「怖いか……」

おたけは首を振った。宗政は指と掌《て》でおたけの体を愛撫《あいぶ》していった。豊満なおたけの体が、ぴくぴくと反応し、太股《ふともも》がとじられる。宗政はやさしく開いてやる。

「わしが国にいる間は、そなたに伽《とぎ》をしてもらう。よいな」

おたけは口を引き結び、目を固く閉じたままうなずく。おたけの体を指で愛撫しつつ乳首を嘗め、首筋から耳に舌を這わせ、口を吸った。おたけは口を閉じていたが、やがてその体から緊張が解けていくのがわかった。

たっぷり肉のついた太股をやさしくさすり、秘部を探るとたっぷり潤っていた。

宗政はおたけを仰向《あおむ》けにさせると、上になり体を重ねてなかに入った。

「あっ……」

おたけが小さな声を漏らした。宗政は深く侵入する。と、おたけの秘部が強く締めつけてくる。

「おお」

宗政は感嘆の声を漏らし、

「そなたはいい女だ」

と、おたけの耳許で囁《ささや》き、満悦の笑みを浮かべずにはいられなかった。

六

暑い夏が去り、奥平藩には涼しい風が吹くようになった。周囲の山が赤や黄色に色づくのは間もなくだ。その秋は短く、すぐに寒い冬がやってくる。

安綱はそんな景色を城内から眺め、庭をゆっくり散策していた。西方に聳《そび》える笠森山に日が沈もうとしている。南にある高盛山は黒く翳《かげ》っていた。

「殿、こちらにおいででしたか」

安綱は声に振り返った。広縁に鮫島軍兵衛が跪いていた。

「何じゃ」

「勘定方の詳しい書面をお持ちいたしました」

「うむ」

安綱は軍兵衛に近づき、書面を受け取ると広縁に腰をおろして眺めた。

それには領内の収穫物と年貢高などが詳しく書かれていた。

米や麦による本年貢はかなり少ない。それを補っているのが材木と絹織物だった。

しかし、補いきれる高ではない。

小物成《こものなり》と呼ばれる雑税もあるが、それも十分ではなかった。

「石高はこれだけか……」

安綱はため息をつかずにはいられなかった。心のうちに、日が沈むように暗い陰が差す。

「案ずることはありません。我が領内には山林が多うございます。もっと木を伐《き》り出せばかなりの稼ぎになると言います。これは山奉行が自信を持って申すことです」

「材木か……」

安綱は遠くの山を眺めてつぶやく。たしかに領国は山林に囲まれている。右を向いても左を見ても山ばかりだ。

「絹織物はそこそこの高になっているが、増やせぬのだろうか？」

「桑畑にはかぎりがあります。百姓は養蚕に精を出していますが、例年と変わらぬはずです。やはり、この国にあってものを言うのは山をおいて他にないと思います。材木と炭はかなりの量を産みますゆえ……」

安綱は書面に目を落としつづける。

工芸品もあるが、それは微々たるものだ。蒟蒻《こんにゃく》や椎茸《しいたけ》も高が知れている。おまけに米と塩は不足しているので他領からの買い入れである。

ため息が漏れるだけだ。

(何かよい手はないか)

安綱は深く思案するが、考えは堂々めぐりで名案は浮かんでこない。

「年寄りの家老たちは何かいい知恵を出しておらぬか?」

安綱は書面を丸めて軍兵衛を見た。

軍兵衛は太い眉を動かし、団子鼻を指でこすった。

「何もおっしゃっておられません」

「年の功で、少しは思慮深いことを言ってくると思っていたが、望むべきことではないか」

安綱は岸川六郎兵衛、池畑庄兵衛、妹尾与左衛門の顔を思い浮かべる。戦国の世を生き抜いてきた男たちだが、みな年寄りだ。戦場《いくさば》においてはよきはたらきをするのだろうが、もうその力を頼れはしない。

「下がってよい」

軍兵衛はそのまま立ち去った。安綱は手にしている書面をくしゃくしゃに丸めて放り投げた。翳りゆく遠くの山を眺めながら、青々と実っていた平湯庄の稲田が脳裏に浮かびあがる。

（あの地がほしい）

その思いは日毎《ひごと》に強くなっている。しかし、取り戻すのは容易《たやす》くはない。そのことはよくわかっている。だが、手は打っていた。

西の山端にゆっくり日が沈み込むと、虫たちの声が高くなった。書院に戻り考えに耽《ふけ》っていると、用人の栗原平助《くりはらへいすけ》がやってきた。

「殿、江戸表《おもて》より書状が届きました」

「これへ」

安綱は書状を受け取った。差出人は江戸留守居役の柏原千右衛門《かしわばらせんえもん》だった。

老中阿部対馬守《あべつしまのかみ》にそれとなく近づき、平湯庄を元に復すことができないか、その探りを入れさせていた。

安綱は吉報であることを期待して書状を開き、燭台の近くまで行って読みはじめた。目を通してゆくうちに顔が曇った。

千右衛門は遠まわしに平湯庄のことを訊《たず》ねたが、対馬守はあっさり「無理」だと言ったらしい。だが救いはあった。平湯庄のことは将軍家光《いえみつ》の胸先三寸だという。根気よく話を進めてゆけば、願いは叶《かな》うかもしれない。いますぐあきらめることはないと、千右衛門はしたためていた。

「そうか……」

安綱は書状から顔を上げて表の闇に目を向けた。

「殿、何かよい知らせでございましたか？」

栗原平助が問うてきた。安綱はそののっぺりとした顔を凝視して、

「当家に借金はいかほどある？」

と、聞いた。

とたん、平助ののっぺり顔が渋くなる。

「おそらく、いえ、一万両は下らないでしょう」

「一万両だと……」

安綱の声は裏返った。

「いえ、もっと多く二万、いいえ三万両に達するかと……」

平助は途方もないことを口にした。

「宇佐美家は三万石の国。さりながら内実は一万石少々である」

「たしかに……」

平助の声は低くなる。

「椿山藩を知っておるな」

「むろん」

「あの国は十二万石だ。そう聞いてはおるが、内実はもっと多いであろうな」

「およそ十五万石はあるかと推察されます」

安綱は口を強く引き結んで立ちあがった。

「平助、もう一度平湯庄を見に行こう」

「いつでございます?」

「明日だ。軍兵衛にそう伝えろ。これは隠密《おんみつ》に行うのでかまえて他言無用」

「供は?」

「軍兵衛と左門。あとは口の堅い足軽を五人でよかろう」

「承知仕《つかまつ》りました」

七

翌早朝、安綱は馬に乗って城を出た。供連れは、家老の鮫島軍兵衛、中老の西藤左門。そして、馬廻り衆のなかから左門が選んだ五人だった。五人の馬廻りはいずれも武技にすぐれた者だった。

ただし、此度《こたび》は隠密の旅なので、大小は腰に差しても旅装束である。

安綱と軍兵衛と左門は馬である。馬乗り袴に打裂《ぶっさき》羽織、そして網代笠《あじろがさ》を被《かぶ》った。

総勢八人の一行はゆっくりと八幡街道を東へ進む。

初秋の風が頬を撫でていく。山に満ちていたひぐらしの声はすでに絶えているが、鳥たちののどかな囀《さえず》りが気持ちを癒やしてくれる。

城下を離れるにつれ往還の幅は狭くなる。およそ一間半《けん》（約二・七メートル）。それより狭くなるところもあれば、二間ほどの幅になるところもある。

「急ぎはせぬ。見返峠を越えたあたりで一泊する」

安綱は馬を進めながら配下の者たちに告げる。

「殿、平湯庄を見に行くのはともかく、いかようなお考えがあるのです？」

軍兵衛が太眉を動かして見てくる。

「思案がある」

安綱はそう答えるだけだ。

これという考えはまだまとまっていない。いい加減なことを家臣に伝えたくなかった。

しかし、軍兵衛はいかつい顔に似合わぬ見識家である。領内の治水や、山林開拓にもよい知恵を出してきた。何かよい考えを思いつくかもしれないと、安綱はひそかに期待している。

中老の西藤左門はいささか思慮に欠けるところがあるが、荒武者のような性格を内に秘めており、武芸の腕は柳生新陰流《やぎゅうしんかげ》の免許を持つ安綱に引けを取らない。いざ難事が出来《しゅったい》した際には頼りになる男だ。

往還の右は高い崖になっており、下を流れる絹川の瀬音が聞こえてくる。

(それにしても……)

安綱は周囲の山に視線をめぐらす。どこを向いても山ばかりだ。農作地に適している田や畑は城下の近郊にあるだけで、斜面を利用した段々畑には桑や芋、粟《あわ》、稗《ひえ》、麦、そばなどが栽培されるが、収穫高は推して知るべしであった。

藩財政は困窮しており、借金もある。このままでは奥平藩は潰れてしまうという強い危機感が安綱にはあった。

年寄りの家老らはそのことを真剣に考えていない。国の先行きを憂慮している感じも受けない。短い余生を安穏と送れればよいという顔ばかりだ。そんな年寄り家老らを頼っていれば、これから国を担う者たちが苦しむばかりである。

安綱の胸の内にはふつふつとした不満がある。

「殿、ひと休みいたしましょうか。この先は峠まで上り坂となります。供をする馬廻り衆に休息を取らせたくもあります」

左門が声をかけてきた。連れている馬廻り衆五人はいずれも屈強の者であるが、急ぐ旅ではない。無駄に疲れさせるのは愚である。

「よかろう」

一行は見返峠に向かう念珠坂の麓で休みを取った。水を飲み喉の渇きを癒やす。

「左門、軍兵衛、これへ」

松の切り株に腰をおろした安綱は、二人の家老を近くに呼んだ。五人の馬廻りは少し離れたところで、思い思いに休んでいる。

「おぬしらは予の右腕となってはたらく者。予はおぬしらを頼りにしている」

左門も軍兵衛も目を輝かせる。

「これはここだけの話。他言いたすな」

左門と軍兵衛は黙したままうなずく。

「予は平湯庄を取り戻したい。いや、必ずや取り戻す。江戸表でもそのことを工夫する。江戸留守居の千右衛門も、ご老中の阿部対馬殿と親密なやり取りをしているよし。されど、千右衛門に頼ってばかりはおれぬし、予も何か考えなければならぬ」

「お考えがおありで……」

軍兵衛が問う。木漏れ日がそのいかつい顔に差して縞目《しまめ》を作っている。

「ある。平湯庄は椿山藩本郷家の領地であるが、藩主の隼人《はやと》殿は能のないうつけだ。国を治める器量を持ち合わせているとは思えぬ。もし、平湯庄に厄介ごとが出来し、村に騒動が起これば、隼人殿は治国のできぬ国主と非難されるであろう。さようなことになれば、平湯庄を取り戻せるかもしれぬ」

「厄介ごととおっしゃるのは、一揆《いっき》や逃散《ちょうさん》ということでしょうか?」

軍兵衛はまばたきもせずに安綱を見る。

「それもあるが、もっと大きな騒動が起きればよい」

軍兵衛は左門と顔を見合わせて、安綱に視線を戻した。

「それはいささか難しいかもしれませぬ。あの村は安泰です。百姓らもいまの暮らしに満足をしている様子。一揆や逃散は……」

「軍兵衛、端《はな》から無理だと言うでない。知恵をはたらかせるのだ。左門、そなたも考えてくれ。此度のこの隠密の旅は、もう一度平湯庄を見て何ができるか、それを考える旅だ」

左門は無言のままうなずいた。

「平湯庄に行っても予のことを明かすではない。旅の侍で通しておく。どこから来たと問われるようなことがあれば、今川《いまがわ》藩平野《ひらの》家の者だと名乗っておこう。まあ、村役に会ったとしてもさようなことは訊《たず》ねはしないであろうが……」

今川藩は奥平藩の南側に列《つら》なる高盛山の向こうにある藩だった。

「そのこと胸の内にしまっておいてくれ」

「御意にござりまする」

左門が答えれば、軍兵衛も承知したとうなずいた。

ひと休みをした一行は再び足を進め、しばらく行ったところで中食《ちゅうじき》を取り、ゆっくり念珠坂を上りはじめた。だらだらとつづく坂道だ。坂の上が見返峠である。

中天にあった日は西に移動し、峠が近づいた頃に日が翳りはじめた。

「峠の先で一泊だ」

安綱は黄金色《こがね》に輝き、明度を落としていく西の空を眺めて言った。

「殿、あれは……」

緊張の声を漏らしたのは左門だった。安綱も気づいていた。

峠に黒い影が立っていたのだ。その数、十人あまり。

いずれも一本差しである。

「止まれ」

安綱は馬を立ち止まらせて、峠に立つ男たちをにらんだ。

第三章　山　賊

一

「何やつだ？」

軍兵衛《ぐんべえ》が網代笠《あじろがさ》を少し持ちあげてつぶやいた。

「街道を荒らしている山賊かもしれませぬ。ときどき、そのような者が出ると耳にしたことがあります。殿、お気をつけくだされ」

そう言った左門がまたがっている馬を少し進めた。

峠にいる男たちは身動きもせず、安綱《やすつな》らをにらんでいるふうであった。

「まいる」

安綱は供の者たちに告げて、馬の腹を軽く蹴り、左門《さもん》のあとにつづいた。

やがて男たちとの距離が詰まり、その姿をはっきり見ることができた。男たちは粗末な着物の上に、揃《そろ》ったように獣の皮で作った半羽織をつけていた。弓を背負っている者もいる。目つきは誰もが凶暴だ。

「何やつだ？」

先頭に出た左門が男たちに声を張った。男たちは仁王立ちのままで無言である。

「何やつであるか答えろ」

それでも男たちは不気味に黙っている。

左門が振り返った。安綱は行けと顎をしゃくった。

そのまま一行は馬を進めた。互いの距離が半町（約五五メートル）を切ったとき、中央に立っていたひときわ体の大きな男が一歩進み出た。

「どこから来た？」

男は総髪で顔は無精髭《ぶしょうひげ》で覆われていた。

「西のほうからの旅だ」

左門は安綱に釘《くぎ》を刺されているのを忘れず、奥平《おくだいら》藩とは言わなかった。

「どこへ行く？」

「きさまら何者だ？」

左門が問い返した。

「どこへ行くか知らぬが、ここはタダで通ることはできぬ」

「関所でもあるまいし、妙なことをぬかす」

左門が言葉を返す。

「おれたちの関所だ」

男はにやりと笑って、顎をしゃくった。すると、近くにいた男が弓に矢をつがえて、シュッと射放った。

放たれた矢は左門の肩先を掠《かす》め、安綱の横の藪《やぶ》に飛んでいった。明らかな脅しである。

「無礼者！　何をする！」

左門が怒鳴った。

「金を置いていけ。荷物もあるようだが、それも置いて行ってもらおうか」

「断る」

「馬も頂戴するか」

髭もじゃの男はそう言って、うひひひと、人を見縊《みくび》った笑いを漏らした。

左門が憤怒《ふんぬ》を抑えきれぬ顔で安綱を振り返った。

「掛け合いは無用のようだな」

安綱はそう言って馬を進めた。

「そこをどけ。通行の邪魔だ」

「関所だと言っただろう。耳が悪いのか？」

髭もじゃはそう言って、また人をいたぶる笑いを漏らした。

「邪魔立てするなら容赦せぬ！」

左門が威嚇するように怒鳴ると、髭もじゃがすらりと刀を抜いた。

同時に供の馬廻《うままわ》り五人が、安綱を守るように前に飛び出した。すでに鯉口《こいぐち》を切っている。馬廻りはいずれも頑健な体を持ち、武芸にすぐれた者たちだ。

「おう、てめえら斬り合ってでもここを通りたいか。そうはさせねえぜ」

「無礼者！　下がりおれ！」

左門が髭もじゃを怒鳴りつけた。すると髭もじゃはぎらりと目を光らせ、

「力ずくで通りたけりゃ通るがいいさ。だが、そううまくはいかねえぜ！　野郎ども皆殺しにしろ！」

髭もじゃが叫ぶと、廻りの男たちが一斉に刀を抜き払って、安綱の前衛に出た馬廻りたちに斬りかかっていった。

あっという間に入り乱れての乱戦となった。安綱はしばらく眺めていたが、形勢が不利になると、自ら馬を飛び下り刀を抜き払って戦いに加わった。

左門も軍兵衛も斬りかかってくる者たちと刀を交えた。山間《やまあい》に両者の怒声と気合いを発する声がこだまする。

「うわっ！」

左門がひとりの男を斬り捨てた。血飛沫《ちしぶき》が翳《かげ》りゆく夕日のなかにほとばしる。

安綱はかかってくる男の刀を打ち払い、跳ね返し、髭もじゃに迫っていった。味方の五人の馬廻りは勇敢に戦っている。

刀同士の打ち合わさる音があたりにひびき、坂道に土埃《つちぼこり》が立った。

「ぎゃあー！」

左門がまたもやひとりを斬った。

片腕が薄闇のなかに飛び、ぼとりと音を立てて落ちた。

「やめろ、やめろ！」

安綱は大音声《だいおんじょう》を発した。味方の馬廻りが後退した。左門も刀を一旦下げた。

対する男たちも下がった。左門に斬られた男がひとり倒れている。腕を切り落とされた男は、道の端で尻餅をついてうめいていた。

「刀を引け。無駄な斬り合いはしたくない」

安綱は穏やかに言った。その目は頭《かしら》らしい髭もじゃに注がれている。髭もじゃも安綱を凝視していた。

「そのほうの名は何と申す？」

「駒岳《こまだけ》の助五郎《すけごろう》とはおれがことよ。きさまは？」

「この無礼者！　このお方を何と心得る！」

左門が駒岳の助五郎と名乗った男を一喝した。

「左門、よい」

安綱は左門を窘《たしな》めて、

「平野信之介《ひらのしんのすけ》と申す」

安綱はあらかじめ決めていた偽名を口にしてつづけた。

「おぬしらはこの峠を関所だと申すが、このあたりを差配している者であろうか」

「まあ、そんなもんだ」

助五郎は一度仲間を眺めてから答えた。

「金がほしければくれてやろう」

助五郎の目がくわっと見開かれた。

「他に入り用なものがあれば、相談にも乗ろう」

「ほう、気前のいいことを……」

助五郎はにたついたが、安綱のそばにいる軍兵衛と左門が戸惑い顔を向けてきた。

安綱は取り合わずに言葉を足した。

「ただし、それは相談の上でのことだ」

「どんな相談だ？」

「その前に刀を引け」

安綱は助五郎に命じ、自分の家来衆にも刀を鞘《さや》に納めるように命じた。

「助五郎と申したな。おぬしがこの男たちの頭であると見た。斬り合いはこれまでにして話をさせてくれ。おぬしらに決して損のない話だ」

助五郎はまた仲間を見てから、

「いいだろう」

と、安綱に顔を向けた。

二

話し合いは峠を少し下ったところにある木立のなかで行われた。

すでに日は落ち、あたりは暗くなっている。山の上には無数の星がまたたいている。

「まわりくどいことは言わぬ。おぬしらの面構《つらがま》えを見るだけで、いかほどのものであるか察しはつく」

安綱は焚《た》き火《び》を挟んで助五郎と向かい合って座るなり口を開いた。

「あんたは何者だ？　どこぞの家中の人だとは思うが……」

「おい、助五郎……」

声を上げたのは軍兵衛だった。安綱はさっと手を動かして、軍兵衛を制した。

「どこの家中の者であるか、それは言えぬ。それにおぬしは、わたしがどこの誰であろうと気にせぬのではないか」

安綱はじっと助五郎を見る。髭もじゃの顔が焚き火の炎に染められている。

「まあ、そうだな……」

「ひと仕事してくれたら褒美として二十両……まずはそれで手を打たぬか？」

「どんな仕事だ？」

「いまは言えぬ。もしその気があるならもう一度話し合おう」

「どういう仕事をするのかわからずに、二十両で請け負えと言うか……見縊ったことを」

「できぬ相談であるか。ならば、話はこれで終わりだ」

安綱は足許《あしもと》の小枝を拾ってぽきっと折り、火のなかに放った。

「おいおい、相談があると言って、もう話は終わりだというのはないだろう」

「内密にやらねばならぬことなのだ。されど、わたしは約束は守る」

助五郎は短く思案して仲間を振り返った。助五郎の背後には八人の男たちがいた。左門に片腕を斬り落とされた男は、仲間の介助を受けていつの間にか姿を消していた。

安綱は思案する助五郎を凝視して、

「うまくいったらさらに褒美をやろう。はたらき次第では金をはずむ」

と、言葉を足した。

「よし、どんな仕事かわからぬが、ひとまず話に乗ろう。だが、その前に二十両寄《よ》越《こ》せ」

「きさまッ!」

声を荒らげ腰の刀に手をやったのは、左門だった。助五郎の背後にいた男たちも刀をつかんで身構えた。

「左門、落ち着け」

安綱は首を振って左門を窘め、

「よかろう。軍兵衛、金をやれ」

と、命じた。

軍兵衛は不服そうな顔をしたが、しぶしぶと懐に手を入れ、巾着から金を取り出して助五郎にわたした。とたんに助五郎の相好が崩れた。

「明日、わたしたちはまたここへ戻ってくる。そのときにはっきりと仕事のことを話す」

「よかろう」

助五郎は金を手にして気をよくしたらしくあっさり応じた。

「ひとつ教えてくれ。おぬしはどこに住んでいるのだ?」

聞かれた助五郎は、暗くなっている山のほうに顔を向けた。

「あの山のなかにおれたちの村がある」

「ここからいかほどだ？」

「山道に入って半里はないだろう」

安綱は夜の闇に黒く塗り込まれている山を見た。どこかで梟《ふくろう》が鳴いていた。目の前の焚き火がぱちっと爆《は》ぜた。

「わたしたちはここで野宿し、明日の朝早く出立する。明日の昼過ぎにはここに戻ってくるので、待っていてくれ」

「……なんだかよく呑《の》み込めねえが、悪い話ではなさそうだ。いいだろう」

助五郎はゆっくり立ちあがると、仲間を促して濃い闇のなかに姿を消していった。

「殿、いったい何をお考えなのです？」

助五郎たちの気配がすっかり消えてから、軍兵衛が顔を向けてきた。

「あやつらはうまく使えそうだ。平湯庄《ひらゆしょう》を取り戻すためにだ」

安綱はふっと口の端に笑みを浮かべた。

「まさか、あの山賊らに村を……」

軍兵衛は言葉を呑んだ。

「宇佐美家が手を出せば、のちのち厄介であろう。さりながら、あの男たちは得体の知れぬ山賊。奥平藩との関わりもない」

「しかし殿、やつらを信用できますか？」

左門だった。

「うまくことを運んでくれたら、やつらは……」

安綱は途中で言葉を呑み、意味深な笑みを口の端に浮かべた。

軍兵衛と左門は、安綱の意を酌んだらしく凝然と目をみはった。

「先のことは明日にでもゆっくり考えよう」

安綱は竹筒に口をつけて水を飲んだ。


まだ夜の明けきらぬうちに安綱ら一行は見返峠を下りて足を速めた。平湯庄に至る黒谷峠を越えたときにはすでに日は高く昇り、周囲の山々は明るい日の光に包まれていた。

峠を下りる坂の途中から平湯庄が見えてきた。以前来たとき稲田は青々としていたが、いまは黄金色に輝いている。

刈り入れの時期までいましばらくあるだろうが、遠目に見ても豊作である。そこには平穏な村があった。奥平藩内では見ることのできぬ光景だ。

ほうと、感嘆のため息を漏らしたのは軍兵衛だった。

安綱は馬を進めて平湯庄の入り口で一行の足を止めた。

「軍兵衛、左門、この村は豊かだ。村も平穏である。さらに村の者たちは年貢に苦しんでもおらぬ。さようであったな」

「椿山藩の年貢は、他国と比べても少のうございます。それゆえか村の百姓らから不平の言葉は聞かれません」

軍兵衛が答えた。

「当家はどうじゃ？」

「……目安にはいささか苦情が多うございます」

軍兵衛はさも言いづらそうな顔をした。

安綱はしばらく豊かな村の風景を眺めた。ほしい、この地がほしいという思いがふつふつと込み上げてくる。

「帰ろう」

「えっ、村をご覧にならないので……」

「村を廻るまでもない。十分にわかった」

安綱は手綱を引いて馬を廻した。供の一行があとにつづく。

「助五郎という山賊ですが……」

左門が馬を並べて聞いてきた。

「殿の正体を明かさなくてもよいのでございましょうか？」

「それは様子を見てからだ」

安綱は目の前の峠道を眺めた。坂の上には雲ひとつない青い空が広がっていた。

三

「助五郎さん、来ますかね」

見返峠に立つ助五郎に、吾市《ごいち》が顔を向けてきた。

「来るに決まっているさ。来なきゃやつらは金を捨てたことになる。損はしたくないのが人の性《さが》だろう。そうじゃねえか」

「おれは孫助《まごすけ》と小六《ころく》の敵《かたき》を取りたい。やつらはおれたちを金で釣ろうという魂胆だ。気に食わねえ」

吾市はくわえていた木の葉をペッと足許に吐き捨てた。孫助は昨日斬られて死んでいた。小六は片腕を落とされた。

たしかにそのことは助五郎も気に食わないが、

「いい金蔓《かねづる》になるかもしれねえだろう。それに、おれたちも散々人を殺してきた。その罰が当たったのかもしれねえ。頭に血を上らせて斬り合いをしても得することはねえ。そうじゃねえか」

と、吾市を窘めた。

「やつらは金でおれたちを騙《だま》そうってんじゃないだろうな」

「金をもらえば文句はねえ。もし、騙しやがったら皆殺しにするだけだ」

助五郎はそう言って仲間を眺めた。

近くには八人の手下がいた。思い思いに腰をおろして休んでいる。

「とにかく話を聞くだけ聞いてやる。気乗りしねえ話だったら断る」

「そのときは……」

吾市が顔を向けてくる。尖《とが》った顎に鬚《ひげ》を生やし、大きな目をぎょろつかせた。

「身ぐるみ剝がしていただくものをいただく。それだけのことだ。だが、どんな話をしてくるか気になる」

「やつらどこの家中の者か知らねえが、馬に乗った三人は偉そうじゃねえか。平野信之介って野郎はなんだか殿様気取りだ。おれにはそう見えた」

「殿様だろうが何だろうが金になりゃいい。吾市、短気は起こすな」

「わかっているよ」

助五郎たちは峠の上で、昨日の一行を待ちつづけた。ときどき峠を登ってくる行商人たちが通った。奥平城下の商人で、いずれも絹織物を運んでいる者たちだった。

助五郎たちに気づくと身を縮め、災難を避けるように急ぎ足で通り過ぎた。普段なら通り賃を脅し取るが、今日は見逃してやった。

炭俵を馬に担がせた百姓も通ったが、助五郎たちは見送っただけだった。

それから半刻《はんとき》（約一時間）ほどして、峠の下に昨日の一行があらわれた。

「来たぜ」

吾市がつぶやくと、まわりで休んでいた手下たちが尻を払って立ち上がった。

助五郎は峠の坂道を見下ろしながら、平野たちの人数を数えた。

「ひの、ふうの、みの……」

昨日と同じ八人だった。

一行が近づいてくると、その顔ぶれもたしかめた。同じである。

「ご苦労である。待たせたか？」

平野信之介が声をかけてきた。

「いや、そうでもねえさ。いったいどこへ行ってきたんだ？」

助五郎の問いかけには答えずに、平野は馬を下りた。他の二人もそれに倣《なら》った。供連れの家来らが三頭の馬を預かり、近くの木に繋《つな》ぎ止める。

「早速用談とまいろう」

平野が一方の切り株に腰をおろして、助五郎を近くに促した。

「昨日の話のつづきだ。おれたちに何をやれと言う？」

助五郎はどっかりと地面に座って平野を見た。長身で目鼻立ちの整った細面《ほそおもて》。目は涼しげであり知性が感じられる。

（こやつ、ただ者ではないはずだ）

助五郎はそう思う。

昨日は辺りが暗くはっきりと見ることができなかったが、いまは日の光に曝《さら》されている。それに平野には表現しようのない威厳がある。

「おぬしら、この先の村のことを知っておるか？　椿山《つばきやま》藩領にある平湯庄だ」

「何度か行ったことがあるから知っている」

助五郎は平野をまっすぐ見て答えた。

「平湯庄は椿山藩本郷家《ほんごう》の所領だ。豊かな村だ。されど、昔は違った」

「そうなのか……」

「貧しい村で田畑は荒れ、土地も痩せていた」

こやつ何を言い出すのだと、助五郎は平野の動く口を見る。

「さらに、あの地は椿山藩の所領でもなかった」

「誰のものだったんだ？」

「奥平藩の所領であった。助五郎、おぬしは口は堅いか。このこと他言無用に願いたいのだ。他言せぬと約束してくれるか」

平野がひたと見つめてくる。いやだとは言えぬ無言の力を感じた。何だこの男と、助五郎は胸の内でつぶやく。

「約束する」

「仲間をしばし遠ざけてくれぬか。秘めた話をしなければならぬ」

平野はそう言ったあとで、自分の連れている供の侍どもを遠ざけた。助五郎もしぶしぶながら、仲間に向こうで待てと指図した。

平野のそばにいるのは馬に乗っていた二人の侍だけだ。

「秘めた話とは何だ？」

「これ、助五郎、口を慎め。おぬしの目の前にいらっしゃるのは、奥平藩宇佐美家の当主、左近将監《さこんしょうげん》安綱様であるぞ」

助五郎はぎょっと目をみはった。

「殿様……」

「さようだ。わしは家老の鮫島《さめじま》軍兵衛。これにいるのは中老の西藤《さいとう》左門」

助五郎は呆気《あっけ》に取られた。まさか奥平藩の当主と家老だとは予想だにしなかった。どこかの上士ぐらいにしか考えていなかったのだ。

「まあ固くならずともよい。これはおぬしだけが知っておいてもらいたい。他の仲間にも秘しておいてもらいたいことだ。おぬしに頼みたい仕事のことを話すが、かまえて他言無用であるぞ。よいか」

「承知しました」

助五郎は気圧《けお》されていた。

「予は平湯庄を当家に復したいと切に願っておる」

宇佐美安綱は本題を切り出した。

四

その朝、宗政《むねまさ》は広間に出た。面倒くさいという内心の思いはあるが、何かと口うるさい家老の鈴木多聞《たもん》が評 定《ひょうじょう》を凝らしたいというのでしかたない。

多聞は宗政が江戸参府中は城代を兼ねた国家老で、重役のなかではもっとも高齢だ。

他に鈴木重全《じゅうぜん》、田中孫蔵《まごぞう》、佐々木一学《いちがく》、田中外記《げき》が顔を揃えていた。

上段の間にどっかりと腰をおろした宗政は、目の前にいる家老たちをひと眺めした。

「それで、どんな話をいたすのだ？」

宗政は気のない声を漏らす。

「今年は米がよく実り、豊年満作でございます」

多聞が口を開いた。

「それは重 畳《ちょうじょう》」

「豊かな実りの秋を迎えてはいますが、年貢取立てが昨年より捗《はかど》っておりませぬ」

「ならば急ぎ取り立てたらよかろう」

「さように指図はしておりますが……」

多聞は言葉を切って首を横に振る。頭髪が薄くなっており、髷《まげ》は頭の後ろにちょこなんと乗っている。

「いかがした？」

「取立て役人どもの不正が発覚いたしたのです。その者たちは年貢米の横流しをして私《わたくし》しておりました。むろん捕縛のうえ詮議し、城内の牢《ろう》に入れてはおりますが、横流しの米の高がいささか多うございます。勘定方に検算させましたところ、二千両あまりあります」

「由々しきこと」

さすがの宗政も顔をしかめた。

「二千両をいかに補うか苦心しなければなりませぬ」

「不正役人どもが私した金はどうなったのだ？」

「すでにありませぬ」

目の前の家老たちはあきれたようなため息を漏らした。

「年貢米を横流しするとは言語道断。不正をはたらいた者たちは厳しく処断せよ」

「見せしめのために絹川の河原にて磔《はりつけ》にいたします」

「道理。して、その役人は幾人だ？」

「五人。いずれも年貢取立て役の者で、示し合わせての悪ばたらきでございました」

「開いた口が塞がらぬとはこのことか。穴埋めをしなければならぬな。そのこと思案あるのか？」

「年貢を上げるしかありませぬ」

「いや、それは少々お待ちください。百姓らは二年前に起きた絹川の氾濫《はんらん》で窮しております。やっと昨年、田は復したばかりで、今年は実りの秋を迎えていますが、年貢を上げるのはいささか厳しいかと存じます」

家老のなかでは多聞のつぎに歳《とし》を取っている鈴木重全であった。

「そうはおっしゃるが、年貢を上げずになんで補うとおっしゃる」

多聞が言葉を返した。

重全はそこが思案のしどころで、今日の詮議があるのだと言う。

「当家の免合《めんあい》（年貢率）は他家に比べると低い。少々免合を上げても百姓らに不平は出ないと考えまするが……」

多聞は重全から宗政に視線を向ける。すると重全がすぐに言葉を被《かぶ》せた。

「当家は長年同じ免合でございました。ここで引き上げをすれば領民たちから不満が出るのは、火を見るよりもあきらか。免合を上げることには同意できませぬ」

すると多聞がまた言葉を返した。

しばらく免合を上げる、ならぬの言い合いがつづいた。

宗政はその言い合いの途中から他のことを考えた。おたけのことだ。おぼこだったおたけは、宗政の手によってすっかり〝女〟になった。

昨夜も伽《とぎ》をさせたが、宗政はいまでもおたけのむっちりした体の感触が忘れられない。股間にはいまだにその余韻がある。

（今宵《こよい》も……）

おたけのむちむちした体を思い出すと、思わず笑みがこぼれそうになる。

「殿、いかがお考えでしょうや？」

顔面を紅潮させた多聞の声で、宗政は我に返った。

「何をだ？」

「はあ、お聞きになっておりませなんだか。それとも若くして耳が遠くなられましたか。免合のことでございまするよ」

多聞は怒気もあらわに宗政をにらむ。

「そう怖い顔をするでない。年貢で百姓を困らせてはならぬ」

「は……」

多聞は呆気に取られた顔をして、

「ならばいかがすればよいとおっしゃいますか？」

と、問いを重ねる。

「倹約だ。質素に暮らそう」

一同黙り込んだが、重全が喜色を浮かべて声を張った。

「殿、名君の考えでござりますよ」

褒められた宗政はほっこり頬をゆるめた。多聞は黙り込んでいる。

「それで他に詮議することは何ぞや。免合だけではなかろう？」

宗政が水を向けると、田中外記が城下の治安が乱れている、色街になっている外《そと》町《まち》で刃傷《にんじょう》事件も発生しているので手を打たなければならないと言った。

その件については、宗政が答えるまでもなく田中孫蔵が、町奉行配下の見廻りを徹底させればよいと答えた。見廻りの同心の数を増やせばすむと。

つぎに洪水対策のために、天神川と絹川の河川工事・道普請の夫役・八幡街道に架かる幸橋《さいわいばし》の架け替えなどが詮議された。

宗政は目の前で家老らが話し合うのをどこか遠くで聞いていた。そのうち、評定は終わったらしく、

「殿、何かご意見あれば何なりと……」

と、多聞が伺いを立てた。

「ない」

宗政は短く答えると、すっくと立ち上がった。

五

宗政が奥書院に入ってすぐ、田中孫蔵が入側《いりがわ》にやってきた。

「殿、お話ししたき儀があります」

あらたまった口調で言う。

「ま、これへ」

宗政はそう言ったあとで、同じ入側に控えている小姓に席を外させた。それをたしかめてから孫蔵はそばにやって来た。

「辰之助《たつのすけ》、なかなかなことを申した。感心いたした」

孫蔵はまわりに誰もいないと、親密に話しかけてくる。呼びかけも宗政の通称を使う。宗政はいっこうに気にしない。

「さようか。年寄りの家老どもが言うのを聞きながら思いついたまでだ」

「しかれども、質素倹約はまことに妙案であった。されど、どうやって倹約をいたす?」

「何だ、さようなことを聞きに来たのか」

「倹約には触れを出さねばならぬ。一概に倹約と言っても難しいであろう。ここは、何をもって倹約といたすべきかはっきりさせなければならぬ」

「年寄りの家老に言われてきたか」

宗政は年寄りの多聞と重全の顔を思い浮かべて、孫蔵を見る。

「言われてはおらぬが、ぬかりなく先に考えておいたほうがよいではないか。それでこそ名君であるぞ」

「さようか、ならばおぬしが考えてくれ。わしは苦手だ」

「かー、またそんな生臭を言いおって」

孫蔵は顔をしかめる。

「おぬしが頼りだ」

宗政は一国一城の殿様にあるまじき振る舞いで、拝むように手を合わせる。驕《おご》りのない男だから、こんなことはへっちゃらなのだ。

「ならば衣服からはじめるか」

「よかろう」

「家臣の絹と紬《つむぎ》を新たに仕立てるのを禁ずる」

「うむ」

「百姓町人は木綿にかぎる。それでよいか？」

「よい」

宗政は脇息《きょうそく》の端を指先でたたきながら答える。

孫蔵はつぎつぎと問うてきた。華美も禁じたがよかろう、贈答も控えるべきだろう、冠婚葬祭にかかる費《つい》えも考えるべきではないか等《など》などと。

宗政はもっともだと、いちいちうなずくだけだ。

「折々の献上の品も固辞したらいかがであろうか」

「やむを得ぬ」

「質素倹約につとめ、文武を奨励すれば家臣の士気も上がるであろう」

このとき、宗政はきらっと目を輝かせた。

「さようだ。倹約は辛抱することだ。辛抱を忘れるのに文武を奨励するのはもってこいの名案。孫蔵、いいことを言うてくれた」

「まあ、これは何もかもおまえ様の考えになるのだからのお」

「おぬしはよき知恵袋だ」

ワハハと宗政は豪快に笑った。

「ならば、早速にも触書《ふれがき》を作らせることにする」

「頼んだ」

孫蔵が立ち去ると、宗政は急に思い立ったように、

「春之丞《はるのじよう》、春之丞、これへ！」

と、小姓頭の鈴木春之丞を呼んだ。

「はは、ご用でございましょうか」

「剣術の稽古をやる。武道場へ馬廻りどもを集めてまいれ」

命じられた春之丞はそのまま下がった。

宗政は奥の間に行くと、側女《そばめ》を呼び稽古着の着替えを手伝わせた。亀《かめ》という古い側女は、

「殿様はこの頃お呼びになりませぬね」

と、淋《さび》しそうな顔を向けてくる。

もうおまえには飽きたとは言えないから、宗政はどう返答すればよいか苦心する。

「おたけ殿をお気に入りのご様子。羨ましいかぎりでございます」

「さようなことを申すでない。あれはまだ新しいからいろいろと教えることがあるのだ」

ふうと、亀はため息をついた。

着替えを終えた宗政は逃げるように奥の間を出て武道場に向かった。

武道場は城の南東角にある。道場は六間《けん》（約一一メートル）四方の板張りで、宗政の父・宗則《むねのり》が、武門の誉れを忘れてはならぬという思いで建てたものだった。ここでは剣術や槍術《そうじゅつ》の稽古だけでなく、能や舞踊も催されている。

宗政が道場に入ると、すでに知らせを受けた馬廻り衆が控えていた。

「そのほうらに伝える」

宗政はずかずかと道場上座に向かいながら声をひびかせた。体も大きいが、こういったときの声も大きい。

「当家は質素倹約を奨励することにした」

上座に腰をおろして言葉をつぐと、家臣らは互いの顔を見合わせた。

「国の台所が窮屈になっているためである。そのほうらにも倹約を努めるよう願う。倹約倹約では面白くなかろうが、剣術で汗を流せばさような窮屈も忘れられる。それにしばらく稽古不足で腕が鈍《なま》っていると察する。かく言うわしも体が鈍っておる。今日から気を引き締めて、稽古に精を出す。よいか！」

一同「ははあ」と、頭を下げる。

「では早速はじめる」

宗政は立ち上がると、壁に掛かっている木刀を手にして、

「さあ、誰でもよいからかかってまいれ」

と、木刀を青眼《せいがん》に構えた。

「では、それがしが……」

前に出てきたのは馬廻り組組頭のひとり、鈴木半太夫《はんだゆう》だった。

宗政は真庭念流《まにわねん》の印可持ちである。その腕は家来の誰もが認めるところであった。

「さあ、さあ」

宗政は半太夫に誘いかけながら前に出て行く。いきなり半太夫が打ち込んできたが、素早く跳ね返し打ち返す。カンカンという甲高い木刀の音が道場内にひびいた。

周囲でも馬廻り衆が激しく動いて稽古を開始していた。

「おりゃあ！」

宗政の木刀がうなり、半太夫の脳天目がけて振り下ろされた。評定は苦手だが、こうやって体を動かすことが大好きな宗政である。

「まいりました」

半太夫の頭近くで宗政の木刀が、ぴたりと止められていた。寸止めである。

「さあもう一番だ」

宗政はさっと木刀を構え直す。その目はいきいきと輝いていた。

六

奥平城本丸御殿の奥にある書院が、宇佐美安綱の政務の場だった。文机《ふづくえ》の前に座っている安綱は、家臣らが上げてくる様々な書類に目を通していた。

隅々まで目を通すべきだが、途中で何もかも放り出したくなった。いいことは何もない。年貢の取立てが滞り、借金は増える一方、また逃散《ちょうさん》する百姓もいるという。

(忌まわしいことだ)

ふんと鼻を鳴らして、安綱は別の書面に目をやった。目安である。それは領民たちの苦情であり、窮乏を訴えるものだった。

「はあー」

思わず大きなため息が漏れた。

何故《なにゆえ》、こんな貧乏国を守らねばならぬのだと思うことしきりである。しかし、安綱は一国一城の主《あるじ》である。譜代大名である。

安綱は畳を蹴るようにして立ち上がった。がらりと障子を開き、広縁に立ち、遠くの山を眺める。山の上には鱗《うろこ》のような雲が広がっていた。

「殿」

背後で声がしたので振り返った。入側に軍兵衛が跪《ひざまず》いていた。

「何用だ?」

安綱は元の席に戻り、脇息に凭《もた》れた。

「失礼つかまつりまする」

軍兵衛は声を抑えて膝行《しっこう》してきた。

「駒岳の助五郎に遣いにやっていた者が戻ってまいりました」

安綱はきらっと目を輝かせた。

「その者は？」

「呼んでありまず」

「通せ」

軍兵衛は背後を振り返った。

「銑十郎《せんじゆうろう》、これへ」

すぐにひとりの男があらわれた。安綱が平湯庄に行くときに供をしていた馬廻り衆のひとりだった。

「おぬしは……」

「米原《よねはら》銑十郎でございます」

安綱が「これへ」と呼ぶと、銑十郎が膝行してきた。浅黒い面長で眼光鋭い男だ。

「駒岳の助五郎を探ってきたか？」

安綱は銑十郎をまっすぐ見て問うた。

「おおよそのことがわかりました」

「申せ」

「助五郎の親は信長《のぶなが》公に仕えた戦国の武士で、関ヶ原で豊臣《とよとみ》方につき敗走し、篠岳《しのだけ》山中に隠棲《いんせい》していました。その後、地侍や浪人を集め篠岳山中に〝立神《たてがみ》の里《さと》〟なる集落を作りそこに住んでいました。その子が助五郎です。駒岳と名乗るのは、助五郎の母親の里が駒岳にあるからと申します」

「信長公家来の末裔《まつえい》であったか……。それで」

「立神の里は篠岳山中にある小さな集落で、女子供を含めて約五十人ほどが暮らしております。暮らしの糧は薬作りと炭焼きが主でございますが、ときに山中から出ての往還稼ぎです。往還での稼ぎは獣の皮で作った衣服や寄せ木細工を売ることです」

「薬とは……?」

「熊の胆《い》がほとんどのようでございます」

ほうと、安綱は感心したようにうなずいた。熊の胆は、珍重されている。それに高価だ。熊の胆一匁《もんめ》が金一匁、あるいは米一俵と交換されることもある。

その効能は広く、熱や痰《たん》、胃、口腔《こうこう》の炎症、あるいは痔疾《じしつ》にも用いられる。速効性があるので重宝されるが、容易《たやす》く入手できない薬だった。

熊の胆と言っても、熊だけでなく兎《うさぎ》、狐《きつね》、狸《たぬき》などの胆嚢《たんのう》も使われていた。

「それはさておき、助五郎は殿の申し分を聞き入れる気満々でございます」

「さようか」

安綱は助五郎に、　働き方次第では士分を与え高禄で召し抱えてもよいと口説いている。

「もうすぐ稲の刈り入れが終わります。その頃合いを見計らって動くはずです」

「裏切りは許されぬことだが……」

「そのご懸念は無用かと思いまする」

「よし。銑十郎、そのほうは向後《こうご》も助五郎への遣いとなってはたらいてもらうが、あの山賊どもからいましばらく目を離してはならぬ」

「悉皆《しっかい》承知いたしております」

銑十郎はそのまま下がった。

安綱は軍兵衛と二人だけになると、しばらく思案をめぐらしてから、

「軍兵衛、このこと構えて他言いたしてはならぬが、あの山賊どもが動いたならば、様子を見て江戸表《おもて》に沙汰を出す。平湯庄を手に入れるためならば、どんなことでもやる」

と、軍兵衛の無骨な顔を見た。

「殿のご苦心なればこそでございます。拙者は殿と一蓮托生《いちれんたくしょう》。この国を栄えさせ

るために心血を注ぐ覚悟はできております」

「何かよき思案があればいつでも申せ」

「承知いたしております」

安綱は口許をゆるめて軍兵衛を見た。太眉に団子鼻、大きな口、その顔貌に似合わぬ見識家で従順な男だ。

「ひとつ頼まれてもらいたきことがある」

「なんなりと」

「能登《のと》がうるさい。あの年寄りはもはや役立たずだ。隠居を勧めてくれぬか」

軍兵衛は驚いたように目を見開いた。能登というのは、筆頭家老の池畑《いけはた》能登守庄兵衛《しょうべえ》のことだった。

「正気でございましょうか？」

「冗談を言うてるのではない。何かと口うるさい家老だ。煩わしいうえに目障りである」

「では、何か工夫を凝らして話してみましょう」

「よきに計らえ」

そう言った安綱は、椿山藩のことを頭の隅で考えた。頃合いを見計らって本郷宗

政と話し合いの場を設けようと思っていたが、

(いましばらく様子を見てからにするか)

と、内心でつぶやいた。

七

雨が降り、雲が流れ晴れ間がのぞいた。

椿山藩領内は実りの秋を迎え、あちこちで稲刈りがはじめられていた。

本郷家の当主である宗政は、とかくじっとしているのが苦手だ。雨あがりの空を眺め、城を出て城下を歩きたいと思った。

「春之丞、これへ!」

思い立ったら即行動に移すのが宗政である。

小姓頭の鈴木春之丞があらわれると、外出をすると告げた。

「すぐにでございましょうか?」

「これからだ。支度をしろ」

「はは。して、供はいかがされまする?」

「大仰なことではない。ぶらっと歩いてみたいだけだ。馬も乗物もいらぬ。そうだ、孫蔵を連れてまいろう。右近も連れて行こう。すぐに知らせてこい。わしは大手門で待っている」

言うが早いか宗政は御殿奥から玄関に向かっていた。

「あ、殿、殿様、そのままのなりではあまりにも……」

春之丞が追いかけてくる。

「なんだ？」

「ひそかな外出でありますれば着衣を考えなければなりませぬ」

宗政は自分の身なりを見た。錦糸織りの派手な肩衣《かたぎぬ》と黒縮緬《くろちりめん》の袴《はかま》だった。

「殿は倹約のお触れをお出しになったばかりでございます」

「おお、そうであったな。ならば地味な小袖にしよう。袴も羽織もなしじゃ」

「着流しで……」

「それでいいだろう、かまわぬかまわぬ」

宗政はさっさと引き返すと次之間に入り、着ていたものを脱ぎ散らかし、春之丞が忙しく動いて差し出す地味な小袖を羽織って自分で帯を締めながら、

「ここはよい。早く孫蔵と右近に知らせに行け」

と、命じた。

宗政はさっさと御殿を出ると、大手門に向かって歩いた。あとからあたふたと右近と春之丞が追いかけてきた。息をはずませ、額に汗を浮かべていた。

「孫蔵はいかがした？」

「すぐにいらっしゃるはずです」

天守そばの本丸御殿から石段を下り、いくつもある櫓《やぐら》の下を通り、枡形《ますがた》に造られている虎口《こぐち》を抜けて大手門のそばまでやって来たとき、孫蔵がはあはあと息を切らしながらやってきた。

「殿、あまりにも急な外出は困ります」

「雨あがりの表を見てみたいのだ。稲刈りもはじまっているであろう。つべこべ言わずについてこい」

宗政に遅れて従う三人も地味な身なりであった。

雨あがりの道はまばゆく光っていた。道端の草や木々には雨の名残はあるが、道は乾きはじめていた。

「まさに実り多き年であるな」

宗政は雨を吸ってさらに頭《こうべ》を垂れている稲穂の田を眺めて感嘆の声を上げる。

「すでに刈り入れの終わっている田もあります」

小姓がそばについているので、孫蔵は二人だけのときのような言葉遣いはしない。

「汗水流してはたらく百姓らに、わしらは感謝をしなければならぬ。田も畑も大事であるが、そこではたらく者たちも大事である。苦労には恩を持って報いなければならぬ」

自然とおのれの口から出た言葉に、宗政は感心する。わしもときには気の利いたことを口走るようになったと、内心で思うのだ。

「仰せのとおりでございます。そのお言葉、是非にも百姓らに聞かせてやりましょう」

三歩後ろを歩く孫蔵が感心しながら言う。

あちこちに色づいた柿の実も見られる。赤いのは熟柿《じゅくし》、黄色いのは早くもがねばならない。その柿を取っている者の姿もあった。

眼前に広がる稲田は黄金《こがね》色に輝いている。畦道《あぜみち》のそばには小さな用水が流れており、小さな瀬音を立てながら明るい日差しを照り返している。

しばらく行くと稲刈りをしている百姓の姿があった。子供も手伝っている。一家総出の仕事だ。ぐるりとひとめぐりすると、城下の町に足を向けた。

町は八幡《はちまん》街道の両側にあり、いろんな店が軒を列《つら》ねている。旅籠《はたご》、瀬戸物屋、米屋、小間物屋、古着屋、鍛冶《かじ》屋、酒屋……。茶屋があり一膳飯屋がある。行商人や旅人が行き交っている。

町屋の南、絹川に近い場所に外町がある。いわゆる色街で、田舎《いなか》にしては高級な料理を出す店もあった。

宗政は茶屋に立ち寄り、茶を飲み饅頭《まんじゆう》を食べた。二人の小姓にもさかんに食べ物を勧める。評定などの大事なときにはあまり口を開かぬ宗政だが、こういうときは他愛もないことを勝手に話す。

「江戸は何かと忙《せわ》しないが、国許はのんびりしていてよいな。まったく昼寝をしたくなるほど長閑《のどか》である。年が明ければまた参府の支度をしなければならぬ。そのことを思うと気が重くなる。さようには思わぬか？」

誰にともなく問いかける。

「仕方ありませぬ。お上《かみ》がお定めになられたことですから……」

二人の小姓の代わりに孫蔵が答える。

「まったく参勤交代など面倒なことよ。妻子は人質で取られる。費えはかかる。体はくたびれる。国許に居座らせてもらいたいものだが、わしのような外様《とざま》はご老中にも口が利けぬからな。せめて三年、いや二年置きにでもしてもらいたいものだ」

他愛ない話はいつしか愚痴めいたものになった。

「口にこそいたしませぬが、誰もが殿と同じことを考えていると思いまする」

孫蔵が饅頭を茶で流し込んで言う。

「ならば一度言上してみようか。他家も同じことを考えているなら、一同で呼応すればよいのだ」

「さようなことをすれば謀反と思われかねませぬ。悪くすれば転封、いや改易もあるやもしれませぬ」

「そういうものか」

孫蔵がそういうものですと答えたので、宗政は「ふう」と、力なく嘆息した。

と、そのときだった。

町屋の裏から尋常ならざる怒鳴り声と悲鳴が聞こえてきた。

悲鳴は女の声で、怒鳴り声は男の声だった。

「何事だ……」

宗政が聞こえてくる声のほうに顔を向けると、路地から十数人の男女が雪崩《なだれ》を打ったように通りにあらわれ、恐れ戦《おのの》いた顔で背後を振り返った。

「きさま ら皆殺しにしてくれる！」

そんな声がして、通りにあらわれた者たちが悲鳴を漏らして逃げた。そしてすぐにひとりの男が長脇差《ながわきざし》を持ってあらわれた。

宗政らはぎょっとなってその男を見た。

第四章　椿事出来

一

赤ら顔の大男だった。

片手に抜き身の刀、もう一方の手は女の髪をつかんで引きずっていた。引きずられている女はもう悲鳴も上げられずに、顔をくしゃくしゃにして泣いていた。表通りに逃げてきた者たちが戦々恐々として大男を見ていた。

「野郎ども馬鹿にするんじゃねえッ！」

大男はつばを飛ばして喚《わめ》いた。

「おれの舟をあんなふうにしたのはどいつだ！　逃げるんじゃねえ、出てこいッ！」

逃げてきた者たちは、米問屋の前でひとかたまりになって大男を見ている。

「孫蔵《まごぞう》、どういうことだ？」

宗政《むねまさ》が問うても、孫蔵にも答えられない。宗政はすっくと床几《しょうぎ》から立ち上がった。

「殿」

春之丞《はるのじょう》が袖をつかんで止めようとした。

「放せ。城下での騒ぎ、黙って見過ごすわけにはいかぬ」

「わたしが……」

孫蔵が立ち上がって宗政の前に出た。

「話を聞きます」

そう言って大男に近づいていった。

大男が孫蔵に気づいて、ぎょろりとした目を向けた。

「そのほういったい何を騒いでおる？」

「何だおぬしは？　おれは舟を流したやつが勘弁ならねえんだ。どこのお侍か知らねえが、邪魔立て無用だ。引っ込んでろ！」

大男は怒鳴りつけた。孫蔵は落ち着いている。というのも、宗政と同じ真庭念流の達人だからだ。宗政は成り行きを見守ることにした。

「引っ込んではおれぬ。城下での騒ぎを見過ごすことはできぬ。その前にその女を放せ」

「おれはおれの舟を取り戻せと言ってんだ！　おい、どいつがおれの舟を流した？　出てきやがれッ！」

大男は孫蔵には取り合わずに、ひとかたまりになっている者たちをにらむ。

「女を放せと言うておるのだ。聞こえておらぬのか？」

孫蔵はずいと一歩出て大男をにらんだ。大男もにらみ返してくる。髪をつかまれ引きずられている女は、ひぃひぃと泣いていた。四十過ぎの大年増《おおどしま》に見える。着物がはだけ、太股《ふともも》が日の光に曝《さら》されていた。

「よし、女から聞け」

大男はつかんでいた女の髪の毛を放した。女は転がるようにして離れ、乱れきった髪で覆われた顔で喚《わめ》いた。

「わざとやったんじゃないだろ！　それをなんだい、ひどいじゃないか！」

女は強気だ。

「おい、女。いったいどういうことだ？」

女は髪をかき上げて孫蔵を見、

「河岸場《かしば》に着けたこの人の舟が流されたんです。それを人のせいにして言い掛かりをつけ、うちの亭主を殴りつけてうちの店をぶっ壊したんです！」

と、顔をくしゃくしゃにして喚くように話した。

「言い掛かりだと申しているではないか？　ともあれ、刀を納めるのだ」

大男が手にしている刀は、長脇差《ながわきざし》である。常用の大刀より短く、脇差より長い刀だ。

「ふざけるなッ！　おれの舟はどうなるんだ！」

大男はいきり立った顔で孫蔵に斬りかかった。そばにいる宗政は「あっ」と、心中で驚きの声を発したが、孫蔵は抜き様の一刀で相手の刀を跳ね返し、即座に間合いを詰めるなり、その首筋に刃《やいば》を突きつけた。

大男はそのことで地蔵のように固まった。

「刀を捨てるのだ。それからゆっくり河岸に向かって歩け。きさまがいかほど暴れたかを検分いたす」

孫蔵は落ち着き払って、大男に言った。大男が刀を足許《あしもと》に落とすと、春之丞が俊敏に動いて拾い上げた。

大男は孫蔵に促されて河岸地に引き返した。

逃げてきた者たちもそれに合わせて動く。

宗政は孫蔵のはたらきに満足しながらあとに従った。

城下には双川《ふたかわ》河岸という河岸地がある。蔵や茶屋や飯屋がある他に、数軒の船問屋があった。

大男に髪をつかまれ引きずられていた女は、河岸地にある飯屋の女房だった。大男は庭蔵《にわぞう》という名で、絹川の上流にある奥平《おくだいら》藩の材木屋だった。

果たして飯屋はめちゃくちゃになっていた。床几がひっくり返り、葦簀《よしず》が倒され、障子や板戸が破られていた。土間には茶碗《ちゃわん》や徳利や皿などが散乱していた。

「ずいぶん暴れたようだな」

宗政はあきれたように首を振って庭蔵を眺めた。

「おれの商売の舟だ。舟には材木を積んでいたんだ。あれがなきゃおれはおまんまの食い上げになる。お侍、いい加減刀を放してくれ。舟を探さなきゃならねえんだ」

庭蔵は宗政と孫蔵を見て言った。さっきの威勢は消えていた。

「まあ、わかる。されど、この店のことはいかがする？」

孫蔵が問う。

「舟が見つかりゃ……」

庭蔵が声を切ったのは、一方からやってくる二人の男に気づいたからだ。そして、声を張って呼びかけた。

「舟はあったか？」

「あった」

「そうか、そりゃよかった」

「何をしてんだ？」

「脅されてんだよ。店の弁償をしろってな」

「なんだと！」

やって来た男が眦《まなじり》を吊《つ》りあげた。牛のようにがっちりした男だった。もうひとりも小柄ながら筋骨逞《たくま》しい体つきで、腰に差していた刀を抜き払った。

「庭蔵を放すんだ！」

「ならぬ。いま話を聞いているのだ。黙って下がっておれ」

宗政が二人の前に立ちはだかると、小柄なほうがいきなり刀を向けてきた。

「おれの仲間に怪我《けが》をさせたらただじゃおかねえ」

相手が侍だろうが気にしない男たちだ。宗政が椿山《つばきやま》藩の当主だと知らぬからなおさらである。

「怪我などさせてはおらぬ。さりながらこの飯屋の亭主は怪我をしているようだ。乱暴狼藉《ろうぜき》をはたらくとは不届き千万」

「何をえらそうなことを言いやがる。こちとら肝を冷やしていたんだ」

「舟が無事だったならよいではないか。頭に血を上らせることはなかろう」

「てめえ勝手なことをぬかしやがって。庭蔵を放せ！」

「ならぬ」

宗政がずいと前に出るのと同時に、

「てめえ！」

と、喚くなり、小柄な男が斬りかかってきた。宗政は体をひねってかわしたが、あきれたことにもうひとりも斬りかかってきた。

宗政は素早く刀を抜き払うと、打ち込まれてきた刀をすり落とし、相手が下がったと同時に身を寄せるなり足払いをかけて倒した。

それを見た小柄なほうがまた斬りかかる素振りを見せた。そのとき、孫蔵が大喝する声を上げた。

「無礼者！　この方を何と心得る。椿山藩当主本郷隼人正《ほんごうはやとのかみ》宗政様である。控えおろう！」

斬りかかろうとした男の体がそのまま固まった。もうひとりもあんぐりと口を開け目をまるくしていた。

近くにいた河岸地の者たちも驚き、そしてつぎの瞬間、両膝を地について跪《ひざまず》いた。

「そんなこと……」

宗政は小さくつぶやいて、つづく言葉を呑《の》んだ。そんなことは言わずともよかったのにと、言いたかったのだ。だが、もう遅い。

「庭蔵と申したな。そのほうと、仲間の二人もこれへ」

宗政が静かに言うと、三人が近くに来て改めて跪いた。

二

その日、宗政が城に帰ったのは、西の空が赤や黄金《こがね》色に染められている頃だった。

双川河岸での騒動はまるく収めた。奥平から来た材木屋の三人は、宗政の取りなしで店の損害を弁償し、怪我をさせた亭主に深く詫《わ》びを入れた。さいわい亭主の怪我は打ち身程度でたいしたことがなかったからよかった。

「あの者ら奥平から来たと言ったが、他にも同じような者がいるのであろうか？」

宗政は本丸御殿に向かいながら孫蔵に訊《たず》ねる。

「います。廻米《かいまい》や絹の反物などを運ぶ舟が下ってきます。奥平藩は絹織物が盛んでございますから」

「さようであったか。おぬしは何でも知っておるな」

「その程度は……」

孫蔵は声を低めてつづける。

「城下での騒ぎ、他言してはなりませぬぞ。多聞《たもん》様の耳に入れば、口酸っぱく咎《とが》められるのは必定」

「多聞はうるさいからのぉ」

城代を兼ねる家老の鈴木多聞は、宗政も苦手であった。しかし、本郷家になくてはならぬ有能な家老である。

本丸御殿に入ったとたんであった。

「殿、殿、いずこへおいでであらした」

多聞が袴《はかま》を引きずりながら、慌てた様子で広縁にあらわれた。まさに噂《うわさ》をすればなんとやらである。

「ぶらりと表を歩いてきただけだ。何用であるか？」

「はは、いろいろとお伝えしなければならぬことがございます」

　宗政は面倒だなと、胸の内でため息をつく。

「急ぎであるか？」

「お早めにお知らせしなければなりませぬ」

「では」

　宗政は近くの座敷に入って、どっかと胡坐《あぐら》を組んで座り、

「申せ」

　と促した。

「まずは幸橋の橋普請、天神川の堤の普請、城の石垣普請、城下の道普請」

「普請だらけだな」

　宗政は鼻がむずむずするので小指を突っ込んでほじった。

「普請だけではございませぬ。年貢米の横流しがあったので、その埋め合わせもしなければなりませぬ」

「どうやって埋め合わせる？」

「それは殿のお知恵次第……」

「おぬしにはその知恵はないのか？　わしを頼られてばかりでは困る」

「さようにおっしゃっても、殿にも知恵を出してほしいのでございます。よいですか、殿」

多聞は眉間にしわを彫って膝を詰めてくる。

「なんだ？」

「お言葉ですが、この頃、いえご先代様の跡をお継ぎになられてから、わたしは殿をよく見ております。口うるさいことをときには申しますが、それは家老の務めがあるからです。家老たる者、もし主君に過ちがあれば、腹を召す覚悟でご注進いたします。正しくないことは、正さなければならないからでございます。おわかりいただけますか？」

「さような覚悟があってこそ家老たる者であろう。よい、申したきことがあれば、忌憚《きたん》なく申せ」

「もそっと真剣にお考えいただけませぬか。この国はいま豊かになりました。それもご先代様が、お上《かみ》より頂戴した平湯庄《ひらゆしょう》を苦労して開墾されたからでございます。殿にはさような国を守る使命がございます」

「わかっておる」

「ならば、数々の普請仕事をお考えくださりませぬか。足りなければ、わたしをはじめとした家老たちが助言いたします」

「つまり、わしに普請仕事を考えろと申しているのだな。それも真剣にと」

「さようです」

「考える」

「お願いいたします」

多聞は深々と頭を下げた。宗政はその頭にちょこなんと結ってある髷《まげ》を短く眺めてから、

「明日にでも返事いたす。それでよいか」

と、答えた。

「お待ちしております」

宗政はそのまま立ち上がって、自分の政務室である奥の間に向かった。歩きながら、言われた普請仕事のことを頭のなかであれこれ考えるが、すぐに名案が浮かんでくるわけではない。

（やはり、孫蔵に相談するか……）

宗政にとって唯一頼りになるのが孫蔵である。しかし、待てよと自分に言い聞か

せる。たまにはおのれも苦心して、ものを考えなければならぬと。この辺は素直な男なのだ。

しかし、日がすっかり落ち、御殿奥に入ると、

「おたけ、おたけはいずこだ？」

と、大柄な体には似合わぬ声で、新しい側女《そばめ》を呼んだ。

部屋の襖《ふすま》がすぐに開いたが、そこにあらわれたのは二十八になった才《さい》だった。その背後には亀《かめ》が恨めしそうな顔をして控えていた。

「お才、そなたを呼んだのではない」

「わかっております。されど、殿はこの頃わたしに声をかけてくださりませぬ。殿の心移りが恨めしゅうございまする」

才はいまにも泣きそうな顔を向けてくる。目には咎める光がある。

「心移りなどしておらぬ。亀にも言うたが、おたけはまだ若い。いろいろ教えなければならぬことがあるのだ。下がっておれ。頼む」

才はゆるゆると襖を閉めたが、すぐに立ち去る気配はなかった。代わりに宗政は足音を殺して次の間に移り、さらに次の間に移り、おたけの部屋に入った。

「いたか、いたか」

宗政が頬をゆるめると、醜女《しこめ》のおたけもにんやりと微笑《ほほえ》み、

「殿様、お待ちしておりました。朝からずっと日が暮れないかと思っていたのです」

と、可愛《かわい》らしいことを言う。

ふっくらとしたお多福顔だが、宗政は顔などどうでもよい。肉感のあるおたけの体が恋しくてたまらない。

「今宵《こよい》も伽《とぎ》を頼む」

手を握って言うと、おたけは嬉《うれ》しそうに笑んだ。

「その前に夕餉《ゆうげ》だ。酌をしてくれ」

しかしその夜、宗政の楽しみに待ったがかけられた。

それはすっかり日が暮れ、満天に星が散らばった頃であった。

三

宗政は寝屋に入ると、敷かれた夜具の横に行儀よく座っているおたけを見つめた。

おたけはお多福顔をゆるめた。口の端にちろりと舌をのぞかせ、ふふと笑う。

部屋は行灯《あんどん》の薄明かりのなかにあり、もちっとした白いおたけの肌がほの赤く染

められていた。

「今宵も仲良うやろう」

宗政はおたけの前に腰をおろすと、そっと手を伸ばし、おたけの薄絹の襦袢《じゅばん》を肩から落とした。たちまち豊満な乳房が目の前にあらわれる。

おたけはわずかに恥じらいを見せたが、すでに宗政によって女の悦《よろこ》びを知っているので、濡《ぬ》れたように光っている両の目には媚《こ》びる色があり、物欲しそうに厚ぼったい唇を開く。

宗政は豊かな乳房をやさしく撫《な》でる。おたけの目が閉じられ、顔を寄せてくる。宗政が応じようとしたそのとき、

「殿、殿……」

と、ひそめられた声が隣の間から聞こえてきた。

これからというときに邪魔をされた宗政は、すっとおたけから体を離すと、

「なんだ?」

と、不機嫌そうに声を返した。声の主は小姓の右近《うこん》だとわかっていた。

「城下で火事が起きています」

「なに火事だと……」

宗政は背後の襖に顔を向けた。火事は地震と野分《のわき》とともに、もっとも怖《おそ》れられる災いである。

「ひどいのか?」

「この城からもその火の勢いが見て取れます」

宗政はすっくと立ち上がった。城に飛び火したら大変なことになる。さっと襖を開けて後ろ手で素早く閉め、右近を見た。

「城下のどこのあたりだ? いや、この目でたしかめる」

宗政はそのまま廊下を歩き、角を二つ曲がったところで庭に飛び下りた。そのまま櫓《やぐら》に登り、城下に目を向けた。付き従ってきた右近が、一方を指さして、

「あのあたりでございます」

と、言った。その前に宗政は火事の現場に見当をつけていた。

城の南側、双川河岸に近い外町のあたりだった。ちらちらと赤い炎が垣間《かいま》見え、空に昇る黒灰色の煙が月明かりに浮かんでいた。半鐘の音も聞こえてくる。

櫓のすぐ下の通路(大手門に向かう道)に飛び出していく家来たちの姿があった。

「あそこならここまで火の粉は飛んでは来ないだろう。しかれど、他の町に飛び火したらことだ。火事の様子は気になる。右近、様子を見に遣いを走らせるのだ。わ

しは書院にて待つ」

「はは」

短く返事をした右近は機敏に動いて櫓から飛び出していった。

宗政はしばらく眼下の町に目を凝らしてから書院に入った。

火事の怖さは子供の頃からよく知っている。江戸にいるときには、身近で起きた火事を何度も目のあたりにしている。

廊下を慌ただしく駆ける音がする。遠くから配下の者に指図をする声も聞こえてきた。

ほどなくして右近が戻ってきて、城下へ遣いを出したことを報告した。

宗政はじっとその場に座りつづけた。いつしか虫の声も聞こえない季節になっていることに気づいたのはそのときだ。

また、その日、鈴木多聞からいわれたことも思い出した。

（普請のことを考えねば……）

たしかに側近らの考えに頼ってばかりいては、主君の能のなさを露呈することになる。ここはおのれの気を引き締め、何か気の利いたことを考えるか。

城下で起きている火事の報告があるまで、目をつむって思案した。

普請には金がかかる。人手もいる。それはいたしかたないことだ。作事方と普請方にまかせれば、相応のことはやるだろうが、肝要なのは普請事業を繰り返さぬことだろう。

当初の費《つい》えが高くついても、長い目で見れば安くなる工夫をしなければならぬ。そうであろう。病気をしない体は、滋養と鍛錬で補える。頑健な体は病に打ち勝つことができる。国もそうあらねばならぬ。

一国の当主らしい考えをめぐらしていると、城下に走って様子見に行った使者がやってきた。

「申し上げます。火事は間もなく鎮火できるかと思いまする。火元は外町にある料理屋で、火の不始末によるもののようでございます」

「害は大きいのか？」

「詳しいことは申し上げられませぬが、見たかぎり火元の店と三軒の店が焼け落ちています。火消しはそれ以上飛び火しないように必死にはたらいております」

「この城へ火の粉の飛んでくる心配はないか？」

「そのご懸念は無用かと存じます」

「うむ。大儀であった」

宗政は胸を撫で下ろしていた。被害は大きくなさそうだ。

その後、小姓の右近からも春之丞からも新たな知らせはなかったので、宗政は奥《う》の間に戻ったが、おたけはいなかった。呼び戻してもよかったが、その気が失せていたので、そのまま夜具に横たわった。

翌朝、洗面をすませて朝餉の膳についたときに、小林半蔵《こばやしはんぞう》という目付頭《がしら》があらわれた。

「お伝えしなければならないことが出来《しゅったい》いたしました」

「昨夜の火事のことであるか?」

「いえ、その一件とはまた別のことでございます」

宗政は箸でつまんだ沢庵《たくあん》を、ぽいと口のなかに放り込み、ぽりぽり嚙《か》んだあとで口を開いた。

「よいことか、悪いことか?」

「あまりよいことではありませぬ」

ならば聞きたくないと言いたいところだが、とりあえず「申せ」と促した。

「先ほど平湯庄から遣いがまいり、村が荒らされた由にござります」

「何故《なにゆえ》荒らされた? 荒らしたのは人か獣か、はたまた颪などであろうか?」

宗政は箸を持ったまま半蔵を見た。

「はっきりとわかってはおりませぬが、人のようでございます」

「いつのことだ？」

「一昨日の夜だったと知らされました」

平湯庄までは約十五里の道程。一昨夜のことがいま知らされたとしてもおかしくはない。

「村は刈り入れの時期。見張りを厳しくし、荒らした者を見つけ、何故の所業か調べろ。わかり次第、詳しいことをわしの許に届けよ」

「はは、承知いたしました」

半蔵が去ると、宗政は中断していた食事に取りかかったが、

「何やら騒がしいのう」

と、独り言を漏らした。

四

椿山藩の家老・田中孫蔵と佐々木一学《いちがく》も、宗政に報告されたことを聞いていた。

「孫蔵、荒らされた村の稲田は三反だという。何者の仕業であるかわからぬが、万が一同じことが繰り返されるようなら由々しきことだ」

「村で揉《も》め事《ごと》でもあったのでございましょうか？　揉め事ならば村横目が詮議をしているはずでございます」

孫蔵は一学の細面《ほそおもて》を眺める。自分より三歳上の家老で、孫蔵はひそかに一学を尊敬し信頼している。一学は思慮深い智恵《ちえ》巧者で先見の明がある。

「些細《ささい》な諍《いさか》いですめばよいが、平湯庄はいまや椿山藩にとってなくてはならぬ大事な領地。三反かぎりですめばさほどの心配はいらぬだろうが、害が広がるようなことになればことだ。百姓も困るだろうし、当家の益も減るばかりか、あまつさえわしら家臣の入り前にもひびくことになる」

孫蔵はいささか大袈裟《おおげさ》なと思うが、おのれの禄《ろく》が減るのは困る。

「されば、いかがされます？」

一学は表に目を向けた。そこは本丸にある家老控え部屋で、障子の向こうには白い玉砂利の敷かれた庭があった。その玉砂利に松の影ができていた。

「村の害を仔細《しさい》に知りたい。そうは思わぬか？」

「使いの者の話だけでは物足りぬとお考えで……」

「村横目がうまくことを収めてくれておればよいが、害が大きくなれば後悔することになる。未然に防ぐのは藩の務めでもあろう」

「たしかにおっしゃるとおりだと思いますが、ここは殿のお考えもあろうかと思います。一度伺いを立ててからでも遅くはありますまい」

「ならばおぬしに頼む。殿への進言はおぬしのほうがよかろう」

一学は孫蔵と宗政が肝胆相照らす仲だというのを知っているので、そう言ったのだ。

「では早速にも……」

家老部屋を出た孫蔵はそのまま御殿奥の書院にむかった。磨き抜かれた廊下を歩きながら、一学殿は心配性だと思う。たしかに言われたことはもっともだが、いささか考えすぎだと思うのだ。さりながら宗政に伺いを立てるのは必定である。

藩主の政務室である書院を訪ねると、宗政は小姓の右近の膝枕で、耳掃除をしているところだった。

「よう、入れ入れ」

声をかけると宗政は、寝転がったまま近くにこいと促す。

「殿、用談があってまいりました」

「なんだ？」

「平湯庄からあまり思わしくない知らせが入りました」

「村が荒らされたことなら聞いておる。どれ、もうよいぞ」

宗政は右近を下がらせて座り直した。

「ことは一昨日に起きたことですが、また同じようなことが起きるならいかがされます？」

「また起きると申すか？」

宗政はぐるりと首をまわして、こきこきと骨を鳴らした。

「起きないと断ずることはできませぬ。と申しますのも一学様がご心配されていらっしゃるのです。また同じことが起きたら大変だ。その前に手を打つのが藩の務めであると」

「一学も固い考えをする。三反の田が荒らされただけであろう。誰の仕業か知らぬが、いまそれを調べろと指図したところだ。明後日にもその知らせが入ることになっておる」

「見廻《みまわ》りの者を差し向けるべきだと、一学様はお考えですが……」

「新たな知らせが入ってから決めればよかろう。人を差し向けて無駄になったら、その者らに労をかけることになる」

「御意にござりまする」

孫蔵はまったくその通りだと思った。

「それよりな」

一段上の段にいる宗政は膝を摺《す》って近づいてくる。孫蔵もわずかに身を乗り出す。

「多聞に言われたのだ。あれやこれやと普請仕事があるらしいが、人まかせにせず何か考えろと言われた。口うるさい男だが、まあわしも少し考えようと思った」

「ご立派なことです。それで……」

「考えた。普請はいろいろある。道普請に川普請に石垣普請などだ。年に一度や二度やらなければならぬ普請仕事があるのをわしも知っておる。何故、さように何度も同じ普請をやるのか考えた。それは繰り返す普請が十全でないということだ。そうではないか」

「まあ……」

「やるならば、頑丈で長持ちする普請を施す。費えや駆り出す人は、これまでより多くかかるであろうが、長い目で見ればそのほうが安あがりであろう。そう思わぬか」

宗政はきらきらと目を輝かせている。孫蔵は「ほう」と内心でつぶやき、辰之助もたまにはまともなことを考えるのだと感心する。

「おっしゃるとおりでございましょう」

「では、わしはそのことを多聞に話そう。やるなら徹底してやるとな」

宗政はにやりと笑った。無骨な豪傑漢が嬉しそうに笑うと、何とも言えぬ魅力がある。その笑みに孫蔵は幼き頃から魅了されている。

「よいと思いまする。されど、いかような方策で行うかを考えなければならぬでしょう」

「それはおぬしが考えろ。わしはそこまで頭がまわらぬ。孫蔵、頼むよう」

最後は甘えるような声だった。こう言われると断れない。

「承知いたしました」何か思案いたしましょう」

「あまり手間をかけてもらいたくない。早いほうがよい。多聞がうるさいからのう」

「わかりました。では、平湯庄のことは先ほどおっしゃったことでよいのでございますね」

「よいよい。一学にそう申しておけ」

孫蔵はそのまま下がろうとしたが、すぐに呼び止められた。

「なにか他にも……」

怪訝《けげん》そうな顔を向けると、

「こっちの稽古は怠っておらぬだろうな」

宗政が刀を振る仕草をした。

「以前ほど稽古はできていませぬ」

「では、近々わしが相手になってやる。おぬしの腕が鈍《なま》っておらぬか調べなければならぬからな」

宗政はそう言うと、ワハハと快活に笑った。

五

平湯庄は月明かりに照らされていた。

刈り入れ間近な稲田が風に吹かれて波打っている。刈り取りの終わった田には、束にした稲の刈り干しが施されていた。稲架《はさ》掛《が》けにして乾燥させるのだ。

八幡《はちまん》街道に黒い影の集団があらわれたのは、村の者たちが寝静まった亥《い》の刻（午後十時頃）時分であった。三騎と徒歩の者が七、八人。その集団は八幡街道の西からやってきて、街道の南にある中小路村に入った。

竹林が揺れ、田のなかに立つ三本杉が月明かりを受けている。その近くに一軒の家があった。百姓家だ。

「あれは名主の家だ。庭の隅に米蔵がある。そうだな」

馬に跨《また》がっている駒岳《こまだけ》の助五郎《すけごろう》は、近くにいる吾市《ごいち》を見た。

「この前たしかめたんで……」

よしとうなずいた助五郎は、背後の馬を見た。それには伊助《いすけ》が乗っており、大八車を引かせていた。

「蔵のなかの米はすべていただく。逆らうやつがいたら、遠慮することはない」

助五郎はそう言って連れて来た手下を眺めた。

「何でも好きにしていいんですね」

十郎《じゅうろう》という男が聞いてきた。

「好きにしろ。だが、やることをやったらさっさと引き返す。では、かかるぞ」

助五郎は馬の腹を軽く蹴って進めた。空には皓々《こうこう》とした月が浮かんでいる。真っ白い饅頭《まんじゅう》のような月だった。

山のなかで鳴く梟《ふくろう》の声が聞こえている。それに小さな蹄《ひづめ》の音が重なった。

村名主の家の前に来ると、助五郎は馬から下りて、手綱を近くにある木の枝に結わえ、腰の刀を抜いて広い庭に入った。庭には刈り取られた稲の束が、筵《むしろ》に積み上げられていた。

庭の東側に脱穀された米をしまう土蔵があった。母屋《おもや》は茅葺《かやぶ》きだが、土蔵は瓦葺きだ。

助五郎は戸口前に立った。そして数人の手下が土蔵の前に立ち、他の者たちは助五郎の背後についている。

助五郎は手にした刀を大きくかざして振った。同時に手下たちが戸口を蹴破って屋内に侵入した。

屋内は真っ暗だったが、闇に目の慣れた助五郎たちは、明かり取りの窓から漏れ差す月光を頼りに寝間に躍り込んだ。悲鳴とうめきが充満し、血飛沫《ちしぶき》が壁と障子を染めた。

騒ぎは次第に大きくなり、ものの壊れる音や破れる音、そして逃げ惑う女子供の影があった。助五郎たちは容赦しなかった。逃げようとする男がいれば、背中に一《ひと》太刀《たち》浴びせた。娘の腕をつかみ、嫌がり助けを求めるのを手込めにする者もいた。

泣きながら逃げる子供もいたが、襟首をつかんで仰向《あおむ》けに倒すと、躊躇《ためら》いもなくその胸に鋭い刀の切っ先を埋め込んだ。

蛮行はあっという間に行われた。助五郎たちは金目のものを物色し、そして土蔵から運びだした米俵を大八車に積んだ。

すべてのことを終えると、

「火をつけろ」

と、助五郎は手下に命じた。

一人の手下が母屋の縁の下に藁《わら》を束ねて火をつけた。すぐにめらめらと炎が立ち、乾いている壁板が燃えはじめた。

助五郎たちは何もなかったかのように月光に照らされる道を引き返した。蹄の音と大八車の車輪の音が夜のしじまに聞こえていた。

背後には襲ったばかりの名主の家が、黒煙を上げながら火だるまとなって燃えていた。

「今日は一段と風が冷たいな」

顔を洗って表から戻ってきた田中亀之助《かめのすけ》が、使った手拭いを腰に差しながら佐藤九兵衛《くへえ》のいる居間に上がってきた。

「もう冬はそこまで来ていますからね」

応じた九兵衛は下女のおてんがよそってくれた飯碗を受け取った。

「寒くなる前に城下に戻してもらいたいもんだ」

亀之助はそう言って嘆息する。

二人が村横目として平湯庄に派遣されて一年はたつ。九兵衛も亀之助が言うように、早く城下に戻りたかった。二人とも妻子持ちである。

とくに九兵衛は所帯を持って間がない。同じ領内とは言え、若い妻と離れて暮らすのはつらい。月に一度、目付頭へ報告のために帰城し、そのときだけ妻子と水入らずの時を過ごせるのが何よりの楽しみであった。

「今度城に戻ったら、お頭の小林様に交替の時期を聞いてみます」

お頭の小林というのは、目付頭の小林半蔵のことだった。

「聞くだけでなく、頼んでくれ。そろそろ当番を代わりたいとな」

「さように考えていたのです」

九兵衛がそう応じて飯をかき込んだとき、

「大変です！　大変です！」

と、慌ただしい足音とともに戸口から飛び込んできた者がいた。

屋助《やすけ》という中小路村の百姓代だった。走ってきたらしく汗を顔に張りつけたまま息を切らしていた。

「いかがした？」

亀之助が箸をおろして聞くと、屋助は呼吸を整えてから答えた。

「名主の八兵衛《はちべえ》さんの家が襲われて、丸焼けになっておるのです。家の者は誰も助かっておりません」

「何だと！　誰がそんなことを？」

「わかりません。とにかく見ればわかることです」

屋助は額の汗を手の甲でぬぐって言う。

「亀之助さん、飯を食ってる場合じゃありませんね。すぐにたしかめにまいりましょう」

九兵衛はそう言うなり立ち上がった。

釣られて亀之助も立ち上がり、三人は八兵衛の家に向かった。朝日は東の空に昇ったばかりで風が冷たかった。八幡街道を横切って中小路村に入って間もなく、八兵衛の家が見えるはずだが、その形がなかった。

「見てください、丸焼けです」

屋助に教えられるまでもなく、九兵衛は呆気《あつけ》に取られた顔で焼け跡に近づいていった。

うっすらと焼け跡からいくつもの細い煙が立ち昇っている。家は黒い残骸となっているだけだ。

「いったいどういうことだ？」

亀之助が蹌踉《そうろう》とした足取りで焼け跡に近づいた。九兵衛はあたりを見て庭の隅にある土蔵の扉が、半開きになっているのに気づいた。

（なぜ、扉が……）

疑問に思い、土蔵に歩いて行きなかをのぞくと、

「妙だな」

と、首をかしげ、屋助をそばに呼んで、おかしいと思わないかと聞いた。屋助は土蔵のなかをのぞき込み、目をしばたたきながら九兵衛に驚き顔を向けた。

「米俵が足りません。ここには天井に届くほど積んであったんです。それが減っています」

「何故に？」

「そんなことあっしにはわかりませんよ」

「九兵衛、九兵衛、こっちに来てくれ」

焼け跡のそばに立つ亀之助が凍りついた顔で呼んだ。九兵衛がそばに行くと、あれを見ろと指し示された。

「あ……」

九兵衛は見たとたん驚きの声を漏らした。黒焦げになった死体があり、その背中に刀が突き立てられていたのだ。

亀之助と九兵衛はその後、村の者たちに聞き調べをしていったが、昨夜の火事騒ぎに気づいていた者がいた。

それは、名主八兵衛の家から半町と離れていない家に住む百姓で、火事に気づき表に出ると、黒い集団が八兵衛の家を出て行くところだった。

その百姓は亀之助や九兵衛に急報するべきだったのだが、災いが降りかかってくるのを怖れ、夜が明けてから百姓代の屋助に知らせたのだった。

「九兵衛、すぐにこの一件届けなければならぬ」

どちらかと言うと怠け癖のある亀之助も、このときばかりは目を厳しくしていた。

「早速駆けてまいります」

九兵衛は緊張の顔で応じ、下郷村の詰所に戻るなり馬に飛び乗り椿山城へ急いだ。

六

目付頭の小林半蔵が九兵衛の知らせを受けたのは、その日の役目を終え、ようやく下城しようとするときだった。すでに日は落ちかかっており、風が冷たくなっていた。

大手門に差しかかったとき、ずいぶん慌てた素振りで駆けてくる者がいた。その男は一度立ち止まると、

「小林様、大変でございまする！」

と、大声を発するなり、息を切らしながらそばへやってきた。平湯庄の村横目・佐藤九兵衛だった。

「や、おぬしは。大変だというのは何だ？」

半蔵は落ち着いた顔で訊ねた。

「平湯庄の村に賊があらわれました。中小路村の名主一家が殺され、家を焼かれ、土蔵の米が盗まれています」

「なに」

半蔵は眉宇をひそめ、

「詳しいことを聞こう」

そう言って目付詰所に引き返した。

詰所に戻るなり、駆けつけてきた九兵衛は、自分が調べたことをまくし立てるように話した。

半蔵はその間、黙したまま九兵衛の瓢簞《ひょうたん》顔を見ていた。

「賊を見たのは近くに住む百姓だった。さようだな」

すべてを聞き終えてから半蔵は問うた。

「はい」

「その百姓は自分に災いが降りかかるのを怖れ、今朝になって百姓代に知らせた。おぬしと亀之助は、その百姓代からことの顚末《てんまつ》を聞いた」

「さようです」

「名主の八兵衛には幾人の身内がいたのだ？」

「八人です。土蔵にしまわれていた米も奪い去られています。それは村の年貢米だったと申します」

「賊を見たという百姓はしかと数えてはいませんが、十人はいたと言います」

「賊の数は？」

「その賊はどこから来てどこへ消えたのだ？」

九兵衛はそこまで詮議していないらしく、わからないと答えた。

半蔵は顔をしかめ燭台《しょくだい》の炎を短く凝視した。

つい先日も平湯庄は荒らされている。そして今回は名主一家が殺され、その家が焼かれたばかりでなく年貢米も盗まれている。

放っておけることではない。すぐにも家老の誰かに伝えなければならないが、すでに日が暮れている。城には宿直《とのい》連中と藩主の宗政しかいない。まさか宗政にじかに報告するわけにはいかない。

「よし、明日の朝早くご家老にことの次第を伝え相談する。おぬしは家に帰って明日の朝、平湯庄に戻るのだ」

半蔵がそう言うと、九兵衛の頬がわずかにゆるんだ。久しぶりに妻子に会えるからだと半蔵にはわかった。

田中孫蔵はその朝早く登城すると家老部屋に入り、中間《ちゅうげん》が運んできた茶に口をつけ、障子を開けて表を眺めた。木々の葉はまだ青いが、そろそろ紅葉の季節になるなとのんびりしたことを考えた。鳥たちが楽しそうに囀《さえず》っている。

「さてさて、どうしたものか……」

孫蔵は茶を喫したあとで腕を組んだ。

宗政に相談を受けたことがある。普請事業をいかに効率よく進めるかが問題である。その具体的なことを考えろと言われた。宗政の言うことはもっともである。従前どおりのやり方では一、二年後にはまた同じ工事をすることになる。

（そうならないための名案はないか……）

孫蔵は思慮をはたらかせるが、いまだこれといった考えは浮かばない。近々評《ひょう》定《じょう》が開かれるので、その席で宗政に気の利いた発言をさせなければならない。

あれこれ思案をめぐらしていると、目付頭の小林半蔵があらわれた。

「朝早くに申しわけございませぬが、危急にお耳に入れなければならぬことがあります」

常から謹厳実直な半蔵はそう言って、目付頭らしく人の心の内を探るような目を向けてくる。

「危急だと……。とにかく入れ」

半蔵は膝行《しっこう》して孫蔵の前で威儀を正して座った。

「何かあったのだな？」

孫蔵は半蔵の四角い顔を見る。鼻の脇に小豆《あずき》大の黒子《ほくろ》がある。

「昨夜、平湯庄の村横目から知らせが入り、中小路村の名主一家が皆殺しにされ、家を焼かれたうえに土蔵にしまわれていた年貢米が盗まれました」

「なに」

孫蔵は両眉を動かし目をみはった。

「詳しいことを話せ」

促すと、半蔵は昨夜、村横目の佐藤九兵衛から報告を受けたことをそっくり話した。

「賊の正体はわかっておらぬのだな」

すべての話を聞いてから孫蔵はひたと半蔵を見つめた。

「わかっておりませぬ。つい先日も村の田が荒らされたばかりです。二度あることは三度あると申します。ついては平湯庄に出張り、仔細を詮議し、賊を召し捕らなければなりませぬ」

「申すまでもないこと」

「ここは郡《こおり》奉行の田中三右衛門《みつえもん》殿にも詮議に加わっていただきたいのでございますが、いかがなものでございましょう」

郡奉行は農政の指導にあたり訴訟や財政を管掌している。

「三右衛門が調べにあたるのは至極もっとも。このこと他のご家老らにも伝えるゆえ、早速にも取りかかれ。相手は乱暴な賊、徒《かち》を連れていくとよかろう。数はそなたにまかせる」

「はは、では早速にも……」

そのまま半蔵は家老部屋を出て行った。それと入れ替わるように他の家老たちがつぎつぎとやってきた。

孫蔵は目付頭の半蔵から聞いたことをつまびらかにし、郡奉行と目付が平湯庄に向かうことを報告した。

「このこと殿にお伝えしなければならぬ」

そう言うのは鈴木多聞だった。

「承知でございます」

孫蔵が応じると、おぬしが行けと言われた。

なにやら椿山藩本郷家は慌ただしくなった。

七

篠岳《しのだけ》山中にある立神《たてがみ》の里《さと》には長閑《のどか》な風が流れ、広場では数人の子供たちがはしゃぎ声をあげて遊んでいた。

その様子を駒岳の助五郎は微笑ましく眺めていた。集落は木を伐《き》り拓《ひら》いて作られている。板葺き屋根の家が点々とあり、谷川の水を汲《く》んできた娘が一軒の家に入っていった。入れ替わるように男の子が飛び出してきて、広場で遊んでいる子供たちの輪に加わった。

切り株のそばで居眠りをしている犬がいれば、地面に落ちている餌をついばんでいる鶏もいる。

家の前で焚《た》き火《び》をし鉄鍋をかき混ぜていた女房が立ち上がって、家の裏にいる亭主を呼んでいた。

助五郎は煙管《きせる》をくゆらせ満足げにそんな様子を眺めていた。米は手に入った。予期しない金も懐に入った。

何もかも奥平家の当主、宇佐美安綱《うさみやすつな》のおかげだ。だからといって満足しているわけではなかった。

助五郎はいずれ山を出て、まっとうな暮らしをしたいと、幼い頃から思っていた。深い欲はなく人並みでよいと考えていた。

しかし、現実はなかなかそうならない。宿場や町に行っても敬遠され白い目で見られ、まともな扱いはされない。その屈辱は腹のなかでとぐろを巻いている。

（いずれ見返してやる）

という強い意志があった。そして生きるため食うためには何でもやってきた。そうしなければならなかったのだ。

だが、いまひとつの光明が見えている。

――助五郎、そなたは人としての器量も腕もあるようだ。予の望みを聞いてくれ、うまくやりおおせた暁には、召し抱えてもよい。

宇佐美安綱にそう言われたとき、助五郎はかあっと胸が熱くなった。世の中の連中から白眼視されてきた自分を、一国の城主である殿様が相手にしてくれたのだ。挙げ句、召し抱えてもよいと言われた。しかもはたらき次第では、

――百石取りの士分を与えよう。

とまで言われた。

助五郎は舞いあがった。しばらく頭がのぼせたようになり、これは夢ではないかと思った。だが、夢ではなかった。

奥平藩宇佐美家の当主、左近将監《さこんしょうげん》安綱が約束してくれたのだ。

そのことを思い返すと、いまでも思わず笑みが浮かんでしまう。

そして、宇佐美安綱は使者を差し向けてきた。その使者も安綱の言葉は嘘《うそ》ではない、殿様は口にされたことは必ず守られる人だと断言した。

「助、助五郎」

しわがれた声が聞こえてきて、助五郎は我に返った。広場のほうから杖《つえ》をついた老人がこちらに歩いてきていた。

立神の里の長老源助《げんすけ》だった。みんなに「源爺《げんじい》」と呼ばれている齢《よわい》七十五の老人だ。ほやほやとした白髪《しらが》を生やした禿頭《とくとう》で、白い髭《ひげ》を口に蓄えている。

のろのろした足取りでやってきた源助は、助五郎の隣に腰をおろして、ふうと息をついてから顔を向けてきた。

歳《とし》のせいか右目は白濁しているが、左目には厳しい光があった。

「助、きさま何をしでかした？」

咎める口調だ。

「何をってひと働きしただけだ。源爺にとやかく言われる筋合いはない。おかげでうまい飯が食えるようになったのだ」

「ありがたいことだが、いつもより多く仲間を連れていった。普段と違う悪さをしたというのは言わずともわかっておる」

助五郎は黙って源助を見返す。

「小金稼ぎなら仕方あるまいと黙っていたが、此度《こたび》は様子が違う」

「小金を稼いでも高が知れているだろう。それならいっそのこと大きなことをやったほうがいいじゃねえか。ちまちましたことはもううんざりだ」

「災いを起こせば災いが降りかかってくる。いまはいいかもしれぬが、人の道に外れたことをつづければ、いずれ痛い目にあう」

「源爺、そんなことは人に言えたことじゃねえだろう」

「わしはわしなりの掟《おきて》のなかで生きてきた。そりゃあ人も殺したし盗みもやった。だが、それはしかたないことだった。だが、きさまはやり過ぎた。何をしでかしたか詳しいことは知らんが、度の過ぎたことをやれば、必ず災いがやってくる」

「悪さをするのに度の過ぎたも過ぎないもないだろう」

「ある。世間が目をつむれるほどなら大きなことにはならねえ。だが、度が過ぎると世間は放ってはおかぬ。それが世の中というものだ」

「こんな山のなかに世間も糞《くそ》もないだろう」

言葉を返すと、源助はにらむように見てきた。しばらく口を開かず、冷たく醒《さ》めた目で見てくる。

「きさまは道を誤っているかもしれぬ」

「……………」

今度は助五郎が黙り込んだ。

「ときどき侍がやってくるな。あれはどこからの遣いだ？　きさまは誰かに誑《たぶら》かされているんじゃねえだろうな」

「まさか」

源助は爪先で地面に落ちている松ぼっくりを蹴った。

助五郎は正直なことを打ち明けてもよかった。だが、口止めをされている。その約束を破れば、宇佐美安綱に掌《てのひら》を返されるかもしれない。そうなっては困る。

「羽振りがよくなった。わしはそのことが気になっておる。きさまの心は妙に浮ついている。そのことが気に食わねえんだ」

たしかにそうかもしれないと助五郎は思うが、こんな年寄りの説教は聞きたくなかった。

だから言ってやった。

「源爺、説教ならたくさんだ」

「じゃあ、教えろ。ときどきやってくる侍は何者だ？」

助五郎は遠くの山に目を向けた。教えたらどうなる？　どうにもならないだろうが、助五郎にしてはめずらしく律儀な感情にとらわれていた。

「源爺、いまは言えねえんだ。言えるときがきたら、そのときちゃんと話してやる」

「いつだ？」

「それは……まあ、近いうちだ」

そのとき、一方の山道から十郎が駆けてきた。助五郎に仕える若者で、近くまで来て源助を見てから、

「米原《よねはら》って人が来ました」

と、告げた。

米原銑十郎《せんじゆうろう》――。安綱からの使者だ。

「どこだ？」

「下の窟《ほこら》で待っています」

助五郎は立ち上がると一度源助を見てから背を向けた。しばらく行ったときに、源助の声が追いかけてきた。

「災いを起こせば、災いの報いを受ける」

第五章　藩主の裁断

一

「もうすぐ刈り入れの終わる時期であるか……」

安綱《やすつな》は縁側に立ったまま遠くの山を眺めて言った。

立神《たてがみ》の里《さと》へ行き、駒岳《こまだけ》の助五郎《すけごろう》に会い、帰ってきたばかりの米原銑十郎《よねはらせんじゅうろう》の報告を受けたところだった。

「もうひとはたらきさせますか？　それとも様子見を……」

銑十郎が背中に問いかける。

安綱はゆっくり振り返ると、書院に戻り自分の席に腰をおろした。

「村の名主一家を皆殺しにし、家を焼いたと申したな」

「さように申しております」

「土蔵から米を奪ったとも……」

安綱は静かに銑十郎を見る。浅黒い面長で、馬廻《うままわ》り衆らしく眼光が鋭い。安綱はその剣の腕を認めている。

「十四俵だと申しております。それを差し出すのかと聞かれたので、懸念無用と答えておきました」

「うむ。十四俵……」

安綱にはそれがいかほどの量なのかぴんと来ない。

「一俵で幾人が幾月食べていける？」

「おそらく大人一人の一年分かと思われます」

「すると十四人の口を減らしたことになるか……。先に三反の稲田を焼いたらしいが、その三反の田からはいかほどの米が穫《と》れるのだ？」

銑十郎は少し視線を宙に彷徨《さまよ》わせて考えてから答えた。

「たしか、一反の田から三俵から六俵の米が穫れると耳にした覚えがございます。田の良し悪《あ》しにもよるでしょうから、一反から四俵は穫れるのではないかと思いまする」

「三反の田を失えば、十四俵前後の米が消えたことになるか。すると土蔵から奪った米とほぼ同じか……」

安綱は独り言のようにつぶやく。

下座に控えている銑十郎は畏《かしこ》まったまま安綱のつぎの言葉を待つ。表の庭で目白《めじろ》が清らかな声でさえずっていた。

「椿山本郷《つばきやまほんごう》家は騒いでいるであろうか？　三反の田とはいえ、焼かれて台なしにされている。さらには村の名主一家が殺され、土蔵が襲われた。この国でさようなことが出来《しゅったい》したらば、やはりじっとはしておれぬな」

「拙者が間者《かんじゃ》となって様子を見に行ってまいりましょうか？」

銑十郎の言葉に、安綱はきらっと目を光らせた。

「うむ、椿山藩の慌てぶりは是非にも知りたいものだ。明日にでも行ってもらおう。決して気取《けど》られてはならぬぞ」

「心得ておりまする」

安綱は短く銑十郎を見つめた。この男のこれまでのはたらきはよく知っている。おそらくそつなくこなしてくれるだろう。

「助五郎の様子はどうであった？　予のことを疑ったりしてはおらぬだろうか？」

これは小さな心配の種だった。

「さような素振りはいささかも感じられませぬ。それどころか、助五郎は殿に望みを託しているように思われまする。何かさようなことをおっしゃっていらっしゃるのでございましょうか……」

安綱はそれを聞いて口の端に小さな笑みを浮かべ、あの山賊、釣られているか、と胸中でつぶやきを漏らした。

「予の言うたことを信じておれば、それは何よりだ。しこうして助五郎の手下のなかに謀反《むほん》をはたらくような者はおらぬだろうな」

安綱がそう聞くのは、助五郎らに会ったとき、一人を斬り捨て一人の片腕を斬り落としているからだった。意趣を抱いている者がいてもおかしくはないと考えていた。

「助五郎は手下をうまく束ねているようです。懸念には及ばないかと……」

「それを聞いて安堵《あんど》した。されど、やつらは油断のならぬ無法者。いつ寝返ったり叛《そむ》いたりするかわからぬ。向後《こうご》も十全な注意が必要だ」

「折々に様子を見に行くことにいたします」

「椿山藩の様子見、しかとまかせた」

「御意」

銑十郎はそのまま書院を出て行った。

一人になった安綱は、指を小刻みに動かして脇息《きょうそく》の端をたたきながら考えた。

椿山藩本郷家が騒いでいなければ、山賊どもにもうひとはたらきさせなければならぬ。いずれにせよ本郷家の動きが気になる。つぎの手を打つのはそれを知ってからだ。

おのれに言い聞かせた安綱は小姓を呼び、

「佐渡《さど》を呼んでまいれ」

と申しつけた。

佐渡というのは鮫島軍兵衛《さめじまぐんべえ》のことだ。

待つほどもなく軍兵衛がやってきた。

「これへ」

安綱が促すと、軍兵衛は静かに膝行《しっこう》してきた。

「能登《のと》のことはどうなった？」

宇佐美《うさみ》家の古参家老・池畑《いけはた》能登守庄兵衛《しょうべえ》のことだ。

「そのことでございましたか。話はしてあります」

「してある……」

安綱は眉間に険しいしわを寄せて軍兵衛をにらんだ。大きな口の上にある団子鼻に小さな汗を浮かべている。

「予は隠居を申しつけろと申したはずだ」

「それが……」

「なんだ?」

「少し考えさせてくれと申されましたので、むげに強いることもできません」

「能登は何を考えると言ったのだ。いや、おぬしはどんな話をしたのだ?」

安綱は語気を強めた。

「もうお歳《とし》を召されているので、そろそろ隠居をお考えになってもよいのではありませぬかと、さようなことを……」

「手ぬるい」

「は」

軍兵衛はぽかんと口を開けて安綱を見た。

「あの年寄りは古いことしか言わぬ。徳川の世になって時代は変わったのだ。いまは戦国の世ではない。それに予に対する小言が煩わしい。さっさと城を出て静かに暮らせと言え」

「さような乱暴なことは……」

「きつく言わなければわからぬのが年寄りだ。それが世の習いだ。隠居は勝手だが、予の命令だ。佐渡の顔などもう見たくないのじゃ」

「殿からの下知と……」

「さようだ。はっきり言え」

「あ、はい」

「それともうひとり、六郎兵衛《ろくろうべえ》。あの年寄りも気に食わぬ」

「しかし、岸川《きしかわ》様はご先代様より仕えられてきたご家老」

「わかっておる」

安綱はそう応じたあとで、六郎兵衛のことを少し考えた。たしかに父・高綱《たかつな》とともに戦場《いくさば》で戦ってきた老獪《ろうかい》な策士だ。庄兵衛ほどうるさくもない。だがしかし、目障りなことに変わりはない。

「六郎兵衛はこうしよう」

安綱は声を抑えた。軍兵衛は息を呑《の》んだ顔でつぎの言葉を待つ。

「あの年寄りには武具方をまかせよう」

「は、それでは引下《ひきさげ》勤めになります」

つまり降格である。

「さようなことを岸川様が諾されるとは思えませぬ」

「いいか軍兵衛。この国は建て直さなければならぬのだ。古い石頭どもにまかせておけば、いっこうによくはならぬ。じりじりと借金を増やし、領民たちをさらに苦しめることになる。改革をしなければならぬ。そのためには新しい考えが必要だ。年寄りたちの考えにいつまでも阿《おもね》っておれば、国はよくならぬ。六郎兵衛と佐渡の代わりには、もっと若い者をつける。国をよくするためには、まずは人を代えるしかない」

これが、安綱の改革のはじまりだった。

二

平湯庄《ひらゆしょう》からの報告を受けた孫蔵《まごぞう》は、二日後に調べのために城を出た。さすがに具足はつけなかったが、打裂羽織《ぶっさき》に馬乗り袴《ばかま》、手甲脚絆《てっこうきやはん》という出《い》で立ちだった。供には馬廻り衆三人、徒 侍《かちざむらい》五人をつけた。

先に郡《こおり》奉行の田中三右衛門《みつえもん》と目付頭《がしら》の小林半蔵《はんぞう》を向かわせているので、少し大《おお》袈裟《げさ》かもしれないと孫蔵は思いながら馬の背に揺られていた。

それにしても宗政《むねまさ》を宥《なだ》めるのに一苦労した。何が何でもおれも行くと言ったのだ。藩主が城を留守にするほどのことではないから、ここは自分たちの調べをおとなしく待ってくれと口説《くど》いた。

しかし、宗政はじっとしておれぬ性分だから、

「おぬしらだけにまかせておくわけにはいかぬ。百姓一家が皆殺しされたと聞いてじっとしてはおれぬ」

そう言って息巻いたのだが、あれやこれやと宥めすかしてあきらめさせた。

(辰之助《たつのすけ》は城にじっとしておれぬ質《たち》だからな)

孫蔵は宗政のことを胸の内でつぶやいて苦笑する。

城下から平湯庄まで馬を飛ばせば一日で行けるが、八人の供連れがあるので並足で進むしかない。途中で一泊の予定だ。

秋の空は高く、点々としたうろこ雲が散っている。

百姓地は実りの秋を迎えており、どの田でも刈り入れが行われていた。刈り入れの終わった田には、稲を乾かすために稲架《はさ》掛《が》けがしてある。家の庭で脱穀している

者の姿も散見された。

乾いた道にぽくぽくと馬の蹄《ひづめ》の音が長閑《のどか》だ。ちょろちょろと音を立てながら往還の脇を流れる水路が、明るい日差しを照り返していた。

孫蔵の率いる一行は、途中の村で早めに休み、翌朝早く出立して平湯庄に向かう急勾配の馬追坂を上った。誰もが〝どっこい坂〟と呼ぶ急な坂道で、たしかに徒歩の徒や馬廻り衆はきつそうな顔をしていた。あっという間に汗が噴き出し、息を乱している。

「それ、もうすぐだ。気合いで上るのだ」

騎馬の孫蔵は励ましながら馬をゆるゆると進める。坂を上り切ったところで、連れている家来に水を与え短い休息を取らせた。

孫蔵は中小路村に入ると、周囲の景色に視線をめぐらせた。そこには穏やかな村の風景があるだけだ。刈り入れの終わっていない田は黄金《こがね》色に輝き、終わった田には稲架掛けがいくつもある。

こんもりした森と竹と雑木の林がところどころにあり、百姓家が点在している。

郡奉行の田中三右衛門の姿も、目付頭の小林半蔵の姿も見えない。その二人についている家来もどこにいるかわからない。

孫蔵は短く思案したのち、村横目の詰所のある下郷村に馬を進めた。供の家来たちがぞろぞろとついてくる。田のなかで仕事をしていた者たちが手を休め、視線を走らせてきたが、すぐに作業に戻った。

「誰かおらぬか？　誰か……」

孫蔵が詰所の前で馬を下りて声を張ると、開け放たれた戸口から村横目の世話をしている下女のおてんがあらわれた。

「本郷家の田中孫蔵だ。横目が二人詰めているはずだが、いずこにいる？」

「あ、それなら中小路村です。昨日から名主さんの家のことを調べておいでです」

おてんは恐縮した声で答えた。

「郡奉行と目付頭も来ているはずだ」

「ごいっしょのはずです」

孫蔵は背後の家来たちを一度振り返って、

「すると中小路村に行っておるのだな」

「そうだと思います」

孫蔵は再び馬に乗って来た道を引き返した。馬の上からあたりに視線をめぐらせるが、目付ら藩士の姿は見えない。とにかく中小路村に入り、出会った百姓に被害にあった名主の家を教えてもらった。

八兵衛《はちべえ》という名主の家はすぐにわかった。丸焼けになった家は黒い残骸となっており、火の勢いがいかほど凄《すさ》まじかったかが想像できた。庭の隅に土蔵があった。

（賊はあの土蔵から米を……）

孫蔵はぎりりと奥歯を嚙《か》んだ。

そのとき、人の足音と馬の蹄の音が聞こえてきた。視線を背後に向けると、目付頭の小林半蔵と郡奉行の田中三右衛門の一行がやってくるところだった。

孫蔵が前に出ると、

「これはご家老、おいでてございましたか」

と、小林半蔵が声をかけて早足で近づいてきた。

「どこへ行っておった？」

「賊の足取りを調べていたのです」

孫蔵はふくよかなまる顔のなかにある怜悧《れいり》な目を光らせた。

「手掛かりはつかんだか？」

「いえ。ただ、この家が襲われたあと、黒い影となった賊が八幡街道を西へ向かったのを見た百姓がいます」

「すると、賊は城下から来たのではなく、峠のほうからやってきたのか」

「おそらく」

孫蔵はそこからは見えないが、峠道のほうに目を向けた。

「峠の先は奥平《おくだいら》藩宇佐美家の領になる」

「いかにも。他領に入っての調べはできませぬゆえ、峠の手前で引き返してきたところです」

「他にわかっていることはないのか?」

孫蔵は一度三右衛門を見て、また半蔵に視線を戻した。

「聞き調べたところ、賊の数はおそらく十人ほどです。馬が三頭。そのうちの一頭は大八車を引いていたようでございます」

「すると、土蔵の米をその大八で……」

「おそらく」

蛮行は計画的に行われたと考えるべきだ。孫蔵はその卑劣な行為に憎しみを覚え、手にしている鞭《むち》を折るように動かした。

「村横目がいるな」

孫蔵が言うと、二人の男が前に進み出てきた。

田中亀之助《かめのすけ》と佐藤九兵衛《くへえ》だった。

（こやつらも田中で佐藤か……。たしかに辰之助がぼやくように、本郷家の家臣はありふれた苗字《みょうじ》の者が多い）

内心の思いはともかく、孫蔵は二人の村横目に名主が襲われた夜のことを問うた。

「この名主の家が襲われたと知らされたのは翌朝のことなので、手前どもには当夜のことはまったくわからないのでございます」

亀之助が申しわけなさそうな顔をして答えた。

「先にも三反の田が荒らされているが、そちらの調べはどうなっておる」

「それもわからずじまいで、申しわけもございませぬ」

孫蔵はくっと口を引き結び、

「何もわからずじまいか……」

と、小さなつぶやきを漏らし、

「三右衛門、半蔵、また村を荒らしに来る賊がいるやもしれぬ。しばらく見張りをつけたがよかろう」

「さように考えていたところです」

半蔵が答えた。

「では、早速にも手配りをいたせ」

孫蔵は指図をしたあとで、手ぶらで城に戻るのかと、嘆息をした。同時に宗政を連れてこなかったのは正しかったと思いもした。

三

平湯庄は村横目の差配で十日ほど監視が行われた。

監視にあたったのは、村横目の亀之助と九兵衛以下八人の徒侍だった。彼らは日が暮れると夜明けまで交替で村を見廻った。

しかし、異変は何も起こらず、賊も出没しなかった。その間に平湯庄の村の稲の刈り入れはほとんど終わり、田や百姓家の庭には稲架掛けや、穂を刈り取った藁束《わらたば》があちこちに積み重ねられた。

「もういいだろう」

亀之助が目をこすりながら九兵衛を見た。下郷村の詰所の居間だった。

「見廻りですか」

九兵衛もあくびを堪《こら》えて亀之助を見た。

「ああ」

「拙者ももう十分だと思います。毎晩見廻っても何も出ませんからね。それに、もう幾日もやっているのです」

「だったらお頭の小林様にその旨言上して、ひとまず取りやめにしてもらうか」

「それでよいと思います」

「では、おれが掛け合いに行ってこよう」

「あ……」

飯碗《めしわん》を持っていた九兵衛は思わず声を発した。城に行くなら自分が行きたいと思っていたからだ。そうすればまた妻子に会える。

「なんだ？」

「あ、いえ何でもありません」

「それじゃ飯を食ったら行ってまいる。帰りは明日になるが、今夜だけは見廻りを怠るな」

「はい」

九兵衛は力なく返事をして飯に取りかかった。

同じ頃、奥平城の御殿奥書院に入った安綱のもとに、間者となって椿山藩に潜入していた米原銑十郎がやってきた。

「入れ」

安綱は入側《いりがわ》で跪《ひざまず》いている銑十郎を促した。

「いかがであった？」

安綱は銑十郎が口を開く前に問うた。

朝日が障子を明るくし、広い廊下には光が満ちていた。風は少し肌寒くなっているが、障子も窓も開け放されていた。

「城下に変わった様子はありませぬが、平湯庄は見廻りが行われています。見廻りは夜だけのようですが、村目付の差配で徒侍も供をしています」

「名主の家を襲った者たちの調べはいかがだ？」

「助五郎らは足をつけておりませぬ。気づいていないと思いまする」

「ふむ、そうなると……」

安綱は開け放たれた縁側の遠くに視線を向けた。目に映るのは周囲を囲む山ばかりだ。その山の上には、鱗《うろこ》のような小さな雲が散っていた。

「いかがされます?」

鉄十郎が声をかけてきた。安綱はちらりと視線を戻し、また山のほうに目を向けた。

いまのところ椿山藩に乱れはないということだ。それでは思惑通りに事を運ぶことができない。椿山藩本郷家を追い詰めるには、もっと大きな厄介ごとを起こさなければならぬということか。

一揆《いっき》、打ち壊し、という単語が安綱の脳裏に浮かぶ。そして、本郷隼人正《はやとのかみ》宗政の顔がぼんやりと思い出される。しかと顔を合わせたことがないので、その顔ははっきりしないが、体つきは思い出される。

六尺はあろうかという偉丈夫だ。どことなくとぼけたような面構《つらがま》えだった気がする。

とにもかくにも本郷宗政に治国の力がないことを、幕府幕閣に知らしめなければならぬ。

領国を治められぬ大名は問題視されるし、場合によっては幕府の介入もある。将軍家の手を煩わせる大名家は、転封か減封される。

(椿山藩をそう仕向けるには……)

安綱は目の前の銑十郎に視線を戻した。

「手ぬるいかもしれぬ」

「は……」

銑十郎は細い吊《つ》り目をしばたたいた。

「平湯庄の見廻りはいまもつづけられているだろうか？」

「一昨日の夜は行われていました」

「すると、今日明日はどうなるかわからぬということか。ならば少し様子を見て、山賊どもに動いてもらうか」

「つぎは、いかなることを……」

安綱は隣の間に控えている小姓に聞かれないように、

「もそっとこれへ」

と、銑十郎を近づけ、自ら身を乗り出して短く耳打ちをした。

それは新たな下知であった。聞いた銑十郎はにわかに顔を強《こわ》ばらせてうなずき、静かに退出していった。

それからほどなくして顔に怒気を含んだ国家老の岸川六郎兵衛がやってきた。

「殿、お話ししたき儀があります」

鶴のように痩せた年寄りだが、ぴんと背筋を伸ばしてこちらを見てくる。安綱は六郎兵衛がやってくるであろうと予測していたので、余裕の笑みを浮かべて、

「どんな話であろうか」

と、のんびりと言った。

「わたしを左遷させるのでございますか。武具方に行けと仰せになられたと伺いました」

「予が決めたのだ」

「なんと」

六郎兵衛はあきれたように目を見開いた。

「そなたは長年よくはたらいてきた。歳も歳だ。このまま家老職では荷が重かろう。武具方ならば肩の荷も少しは下りると考えてのことだ」

「引下勤めではありませぬか」

六郎兵衛は顔を紅潮させていた。

「いやか。いやなら何ができる？　家老は足りている。何も知行を取りあげるというのではない。静かな余生を送るための身支度だと思えばよいではないか」

「わたしはまだはたらけまする。この国を守るために、栄えさせるために……」

「黙れッ！　よくもぬけぬけとこの国を栄えさせると言えるな。これまでおぬしは何をやってきた？　いや、おぬしだけではない。能登然《しか》りだ。おぬしらにまかせておけば、借金は増える、領民の暮らしはよくならぬ。家臣の禄《ろく》も増えぬ。挙げ句、予の出世の道は断たれたままだ。ええい、考えるだけで忌まわしきことだ」

「たしかに借金は嵩《かさ》んでおります。されど、苦心はしていますが、その弁済をするための算段はしています」

「算段だと……。どんな算段があると申す。予は一度もさようなことは聞いておらぬ」

「他の家老らは存じています」

「家老が知っていて、何故《なにゆえ》予が知らぬ！　たわけッ！　頭《ず》が高い！」

安綱は目をぎらつかせ、甲走った声を張った。即座に六郎兵衛は平伏した。だが、顔を畳の目に向けたまま口を開いた。

「わたしはご先代様より仕えています。ともに幾多の戦場ではたらき、この国を造ってまいりました」

「うるさい」

安綱は低い声で遮った。

「先代は先代。いまは先代の世ではない。予の時代だ。この国は予が建て直すしかないのだ。不満があるならさっさと隠居してしまえ」

「な、何ということを……」

六郎兵衛はわずかに顔をあげ、安綱をにらむように見た。

「口答えは許さぬ。予の命令である」

六郎兵衛はがっくりうなだれ、小さく嘆息し、

「しからば、承知いたしました」

と、ゆっくり後じさって部屋を出て行った。

見送った安綱は短く吐き捨てた。

「老いぼれめ」

四

宗政は本丸御殿前の庭で足袋裸足《たびはだし》のまま木刀を振っていた。諸肌脱《もろはだ》ぎである。

「えいっ、えいっ」

と、かけ声を発しながらの素振りで、木刀が振られるたびにびゅんびゅんとうな

っていた。孫蔵はしばらく広縁に控えて、その様子を眺めていた。

宗政の隆《りゅう》と盛り上がった胸板にも、たくましい腕にも汗が光っていた。

「とおーっ！」

宗政は気合いを発して最後の一振りをすると、ふうーっと大きく息を吐き出して、孫蔵に体を向けた。

「何か用か？」

孫蔵は用があるから来ているのだと言葉を返したいが、二人の小姓がそばに控えているのでそんなことは言えない。

「平湯庄のことでございます」

「おお、賊を召し捕ったか？」

宗政は目を光らせた。

「いいえ、賊の行方もその正体もわからぬままでございます」

「なんだ。それは残念」

宗政はつかつかと近寄ってきて、縁側に腰を下ろした。小姓の差し出す手拭いを受け取り汗をぬぐう。

「見廻りをはじめて早十日が過ぎておりますが、何も起こらず、村は以前と変わらず平穏だと申します。目付頭の小林半蔵から見廻りを取りやめてもよいかと問われ、ここは殿のご意向もあるのでと、待たせております」

「村が平穏になったならばかまわぬだろう」

「では、さように」

孫蔵はそのまま下がろうとしたが、すぐに引き留められた。

「待て待て。ちょいと話がある。なに、手間は取らせぬ。小林半蔵を待たせているのだったな」

「玄関に待たせております」

宗政は小姓の田中右近《うこん》を見て指図した。

「右近、話は聞いたであろう。玄関で半蔵が待っておるらしい、いまのこと伝えてまいれ」

「はは」

右近が去ると、宗政は足袋を脱ぎ捨て、そのまま書院に入って座った。

「汗をかくと心身がすっきりする。たまにはおぬしもやるとよい」

「それでお話とは……」

「そう固くなるな。春之丞《はるのじょう》、人払いだ」

宗政が小姓頭の鈴木春之丞を見て手を振ると、さっと席を外していなくなった。

「話とは普請のことだ。多聞《たもん》がまたもや、やいのやいのと言ってきおってな。近く評定《ひょうじょう》を開きたいと申す。わしはいつでもかまわぬと言ったのだが、その評定の前にわしの考えをおぬしに聞いてもらいたい」

「何でございましょう」

孫蔵はにわかに期待顔になって宗政を見るが、また頓馬なことを言われるかもしれないと内心で身構えた。

「普請はいろいろある。橋に石垣に道に川の堤防だ。石垣普請については江戸表《おもて》に沙汰をして、将軍家へ伺いを立てなければならぬ」

孫蔵は「ほう」と内心で感心する。諸国大名家の城普請は、勝手にやることは許されていない。城壁然りだ。孫蔵はそのことに宗政が気づいていたことに驚いた。だが、考えてみれば当然のことである。だから黙って耳を傾ける。

「道普請や川普請、それに橋普請だが、これらは一年置き、あるいは二、三年置きにやるのが慣例となっている。そうだな」

「さよう」

二人だけになったので、孫蔵は「です」を省いた。

「まずは川の堤防造りだ。水が出るたびに脆《もろ》い場所を何度もやらなければならぬ。それは無駄だ」

「は」

孫蔵はぽかんと口を開けて宗政を見る。

「どこの堤が脆いかそれがわかっておるのだ。ならば、その場所を頑丈にすればよい。そうではないか」

「まったくそのとおり。それで……」

「橋は木橋ばかりだから流されたり壊れたりする。木橋をやめる」

「ええっ、やめてどうすると……」

孫蔵は目をしばたたく。正気かと宗政に言いたいが、じっとこらえてつづきを待つ。

「石橋にするのだ」

宗政は自慢げに言った。孫蔵はほうと感心した。

「それは名案。辰之助、なかなか知恵がはたらくではないか」

「わしも考えたのだ。石橋はいい考えであろう」

「うむうむ。されど、金がかかる。夫役も増やさねばならぬ。腕のいい石工もいる」

「そこは工夫だ。それから道普請だが、これはなんと難しいのう。雨が降らず、人や荷馬車などが通らなければ道は荒れないだろうが、そうもゆかぬ。道普請はこれまで通りやるしかないような気がする」

「まったくである。辰之助、つぎの評定が楽しみだな」

「うむ。そんなところでいかがだ」

「よいと思う」

「おぬしがそう言ってくれて安心いたした。よし、つぎの評定ではいまのことを話す。よいか」

「大いに結構でござるよ」

孫蔵の賛同を受けた宗政は、いかつい顔を無邪気にほころばせる。宗政が人を魅了するのはこういうところなのだ。

「辰之助、いま申したことに加えて、おれも少し考えておく」

「頼む。おぬしがそばにいると百人力だわい」

宗政はそう言って、わっははと大笑する。孫蔵はそんな宗政を頼もしく思う。

(こやつ、ほんとうに名君になれるやもしれぬ)

宗政は奔放な男だが、以前と違い一国一城の主としての自覚が出てきたのかもしれない。

しかし、油断は禁物。宗政にはずぼらなところがたくさんある。折々に手綱を引き締めてやらぬと、とんでもないことをしでかしそうだから油断ができない。

孫蔵は宗政の部屋を出て玄関に行ったが、すでに目付頭・小林半蔵の姿はなかった。

「孫蔵」

声をかけられたのは家老部屋に引き返す途中だった。相手は先輩家老の佐々木一《いち》学《がく》で、すぐそばにある次之間に促された。

「何かございましたか？」

一学はいつも生真面目《きまじめ》な顔をしているが、その顔が常になくこわばっていた。

「給人地《きゅうにんち》にて不正が発覚いたしました。それもひとり二人の給人ではない。高はさほどではないが、なおざりにはできぬ」

一学が真剣な目を向けてくる。給人地は大名家の家臣に与えられた知行地で、給人はその地を直接支配して年貢徴収や農民を使役でき、ときに処罰も行う。

「ひとり二人でないとおっしゃいますが……」

「四人か五人ほどいるようだ。調べればわかることだ」

孫蔵は顔をこわばらせた。

先日、年貢米の横流しが発覚したばかりである。そして、給人の不正。本郷家内の綱紀に緩みが出ていると言わざるを得ない。

「いかがされます?」

「放ってはおけぬが、表沙汰にはしたくない」

一学の言うことはよくわかる。しかし、宗政の耳には入れなければならぬ。

「まずは仔細《しさい》を調べなければなりませぬ」

「殿のお耳に入れる前に、そなたにこのこと任せたい」

(え、おれに)

孫蔵は内心で驚くが、言葉にはせずに、

「承知いたしました」

と、応じた。

「詳しいことは後ほど教える」

その場で一学と別れた孫蔵は、落ち着きなく廊下を行ったり来たりした。

(こりゃあ困ったことになった。困った困った)

五

給人による百姓いじめは三つの村で起きていた。いずれも椿山藩と他国の境目にある遠地であった。

孫蔵がそのことを知らされたのは、昼下がりの家老部屋の隅だった。

「一学様はこのことを、いつどのようにしてお知りになったのでございます？」

孫蔵は一学の色白の細面《ほそおもて》を見る。

「郡奉行を通り越し、村の名主と肝煎《きもいり》からわたしのところに訴状が届いたのだ」

「まさか、郡奉行の三右衛門殿も給人地における不正に関わっているというのでは……」

もしそうであれば、郡奉行の田中三右衛門も処罰の対象になる。

「それはわからぬ。いずれにせよ仔細を調べなければならぬ」

「その手配は？」

「目付を遣わしている。明日明後日にもわたしのもとに調べたうえでの知らせが入るはずだ。その知らせ次第であるが、もしものときには厳罰に処さなければならぬ。

さような仕儀にならぬことを願うが、頭の痛いことだ」

一学は嘆息をして、暑くもないのに扇子を開いてあおぎ、開け放された障子の向こうにある庭を眺める。熟柿《じゅくし》をついばんでいる目白と鵯《ひよどり》がいた。

「殿はああいう方。悪い知らせが入れば、どうされるであろうか？」

疑問を口にする一学が孫蔵に顔を戻した。

「どうと……」

「殿は鷹揚《おうよう》でいらっしゃるが、気の短いところもある。怒りにまかせてひどい処罰を与えられるようなことがあれば、またもやこの国の評判を落とす」

「またもやとおっしゃるのは？」

孫蔵はひたと一学を見る。

「先だって年貢米の横流しをした家臣の処罰が行われた。あそこまでするべきだったであろうか」

一学は顔を曇らせる。

孫蔵にもその思いは理解できた。大事な年貢米の横流しをして私腹を肥やした者たちは、絹川の河原にて磔《はりつけ》にされた。

当然の処断と言えば当然で、今後同じようなことが行われないための見せしめでもあったが、庶民の間には疑問視する声が流れていた。

――殿様は怖《おそ》ろしいことをやる。

――打ち首にするほどのことではなかったのではないか。

などと、それに似たような言葉が囁《ささや》かれ、宗政の評判が落ちていた。

「あれは致し方ないこと。されど、刑を命じたのは殿ではありませぬ」

「たとえ家臣の裁断であったとしても、それはすなわち殿の下知ととらえられる」

孫蔵は一学がなぜこんな話を自分にするのかわかっている。宗政と孫蔵の親しい付き合いをよく知っているからだ。宗政に伝えにくい、あるいは話しづらいことでも、孫蔵を間に入れることでうまくことが運ぶことがある。

一学にかぎらず、他の家老たちもそのことをよくわきまえている。

「殿にはよくよく吟味いただきたい」

一学はそのことを宗政によく言い含めよと言っているのだ。

「承知いたしました。されど、目付の調べ次第でございましょう。それをいまは待つ他はないのではありませぬか」

「うむ。知らせが入ったら真っ先にそなたに伝える。それからのこと、しかとそなたにまかせたいが、よいか」

よいも悪いも、一学はそうしろと言っている。

「承知いたしました」

そう答えるしかない孫蔵は、内心でため息を漏らす。それでも一学の真意はよくわかる。椿山藩は平穏である。国もよく治まっている。

しかし、油断はならない。領内の治安が悪くなったり、領民たちが不満を募らせるようなことになれば、治国に難が起きる。

幕府はうまく治国できない大名に目を光らせている。それも外様《とざま》大名に対する目は厳しい。粗相が発覚し、幕府大目付あるいは老中をはじめとした重臣らの耳に入れば、国替えの恐れもある。さようなことは決してあってはならない。

孫蔵は家老連のなかでは若いほうだ。何かと先達の家老には教えられることはあるが、もっとも宗政に親しい家老と言えば孫蔵である。それは誰もが認めていることで、いざ面倒なことが出来すると孫蔵が頼りにされる。

つまり、孫蔵は宗政の手綱を緩めたり締めたりしなければならぬ立場にあった。

そんな孫蔵は忙しい。宗政に顔を合わせれば、

「孫蔵、たまにはわしの相手をせよ」

と、木刀を持たされる。

受けて立ちたいところだが、宗政に代わって政務を司《つかさど》らなければならない。そんなことに宗政は気づいているのか気づいていないのかわからないが、

「おぬしははたらき過ぎだ。たまにはのんびりと浮き世を眺めて、歌でも吟じたらどうだ」

と、言ったりする。

「辰、おまえ様が歌を詠めというか。思いもよらぬことを……」

近くに誰もいないと、孫蔵は気安く言葉を返してあきれ顔をする。

「見縊《みくび》られたものよのう。おぬしの知らぬところで、わしも風流を覚えたのだ」

宗政はそう言って快活に笑う。

「はて、おまえ様という男はわからぬものだ」

「どういうことだ？」

「お言葉ではあるが、馬鹿か利口かわからぬということだ」

「ああ、それ。それはわしにもわからぬ。わしは馬鹿かもしれぬが、決して利口だとは思っておらぬ」

宗政はそんな戯《ざ》れ言《ごと》を言って、がはははと笑い飛ばす。

孫蔵はそんな宗政を不快には思わない。かえってそんな宗政を好ましく思う。

それはともあれ、二日ほどして一学から呼び出しを受けた。二人が膝詰めで向かい合ったのは、家老部屋の近くにある次之間だった。

「百姓を酷使し、不当な年貢を……」

一学の話を聞いた孫蔵は、短くうなって腕を組んだ。給地において、その支配者である給人が我が物顔の振る舞いをしているというのだ。給人は一般に下級の武士である。俸禄《ほうろく》の代わりに、自分の給地において収入を得ている。

さらにその地に屋敷を構え、大名然とした振る舞いをしている者もいた。

「領民の不満は米の年貢だけではない。小物成《こものなり》も国の定めた免合《めんあい》（租率）を超えておる。目付が郷帳も調べてきたのでたしかである」

小物成は田畑から生産される米や麦などに賦課される租税（本年貢）以外の雑税を指す。例えば、漆・茶・櫨《はぜ》などだ。また、山や草地にかけられることもある。

「それらの村の百姓らは人並みの暮らしができておらぬそうだ。給人たちはおのれさえよければよいといった按配《あんばい》であろうか」

「それは殿の勘気に触れること必定です。聞いたばかりのわたしも憤りを覚えます」

「よくわかる。されど、大袈裟に騒ぎ立てるのは考えもの。ここはしっかり殿のご判断を仰ぎたい。悪い芽に早く気づいたと考えれば、それを摘み取ればすむことではないか」

「おっしゃることはわかります。一学様、まずは殿の耳に入れることにします」

「よしなに頼む」

六

孫蔵は早速、宗政に給地での問題を言上し、一学から聞いたことをつまびらかにした。宗政はその間じっと耳を傾けていたが、

「さて、いかがしたらよいものやら。一学様は、できうることなら表沙汰にはしたくないご様子。大袈裟なことになれば、外聞が悪くなりかねないので、そのことを懸念されています」

孫蔵がそう話を結ぶと、宗政はゆっくり背筋を伸ばし、双眸《そうぼう》を光らせた。だが、すぐに言葉は発しなかった。静かな書院部屋には目白のさえずりが表から聞こえてくるだけだ。

孫蔵は宗政の顔色を窺《うかが》うように見、そして隅に控えている小姓頭の鈴木春之丞を

ちらりと見た。春之丞の視線は宗政に向けられたままだった。

「……さようなことがあったとは不届き」

宗政がうめくようなつぶやきを漏らした。孫蔵には家臣の管理監督を不届きと言っているのか、不正をはたらいた給人を責めているのかわからなかった。

「もう日が暮れるまで間もないか」

宗政は表に目を向けてつぶやく。

「いかがなさいます？」

孫蔵が問うと、宗政は発条《ばね》仕掛けの人形のようにすっくと立ち上がった。

「孫、明日早朝より、その村を巡検する。この目で見て考える」

いつになく真剣な顔であり、かすかな怒気が含まれているように見えた。

「はは」

「供は少なくてよい。おぬしと馬廻り三、四人。それから半蔵と三右衛門でよい」

「それではいささか少のうございます」

孫蔵はにわかに慌てたが、

「戦《いくさ》に行くのではない。それで十分だ。半蔵と三右衛門にその旨知らせておけ」

宗政はそう指図するなり、くるっと背を向けて書院部屋を出て行った。

そして、翌朝早く、宗政は問題になっている給地巡検に出立した。

宗政以下、孫蔵、目付頭の小林半蔵、郡奉行の田中三右衛門、そして四人の馬廻り。馬廻りは屈強の者を孫蔵が差配した。四人の馬廻りは徒歩で、他の者は騎馬である。

馬にはそれぞれ口取りの軽輩がついているから、総勢十二人。さほど目立つ巡検ではない。

問題の給地はいずれも城から南へ行った村だった。

野路には薄《すすき》が繁茂しておりきらめく日の光を受け、銀色に輝いていた。そして村々の稲田では、刈り入れや脱穀作業が行われていた。

百姓たちはここが書き入れとばかりに、仕事に精を出している。刈り入れの終わった田には、稲を掛けた稲架《はさ》が並んでいた。

城を離れて一里（約四キロメートル）ほど行った村に立ち寄った。そこも城下に近い村と変わることのない景色が広がっていた。

馬の足を止めた宗政は近くの田で仕事をしていた百姓を見て、馬廻りのひとりにあの者を呼んでこいと指図した。

呼ばれた百姓が何事かという顔でやってくると、

「そのほう、名は何と申す？」

と、聞いた。

「茂助《もすけ》と申します」

相手が殿様だと呼びに行った家来に聞かされているらしく、茂助は極度に畏まり緊張の面持ちだった。

「苦しゅうない。茂助、悪いようにはせぬから正直に申せ。聞くところによると、この地は鈴木某《なにがし》の給地であるそうだな。そして、他の村より高い年貢を課されているそうであるな。たしかにそうであるか？」

「……へえ、さようにございます。わしら百姓は汗水流してはたらいても恵まれることがありません。もう少し安くしてもらうか、他の村と同じにしてもらえると暮らしも少しはよくなるのですが……」

「暮らしが苦しいか」

「楽ではありません」

「他に困ったことはないか。わしはおぬしらの力になりたいと思っている」

地面に跪いている茂助は、はっと顔をあげて宗政をまぶしそうに見た。

「わしはおぬしらの味方だ。おぬしら百姓を苦しめる者はこのわしが許さぬ」

「年貢だけでも大変なのに、小物成もしっかり取られます。腹を空《す》かした子供に満足な食べ物をやりたくても、なかなか思うようになりません」

「不憫《ふびん》なことよ。茂助、よきに計らうので、いましばらくの辛抱だ」

茂助は「ははあ」と感に堪えない顔で平伏した。

そばについている孫蔵も、宗政の思いやりに胸を熱くしていた。

つぎの村に行っても宗政は同じように百姓に声をかけ、同じような話を聞いた。

その度に宗政は百姓たちに同情し、激励の言葉をかけた。

それは他の村に行っても同じだった。

そして百姓たちの訴えも似たり寄ったりであった。

「孫蔵、城に帰るが廻ってきた村の給人を呼び出すのだ。わしが直接その者たちと話をする」

この言葉に孫蔵以下の者は驚いた。だが、それを止めることはできない。

孫蔵は目付頭の小林半蔵に指図した。

「半蔵、さようなことだ。即刻、廻ってきた村の給人を呼び出してくれ。留守であれば差し紙を入れるがよかろう」

「承知いたしました」

半蔵はそう答えたあとで供をしてきた馬廻りを、二人ほど連れて行ってよいかと訊《たず》ねた。

「懸念あるな。みな、連れて行け」

答えたのは宗政だった。


翌朝——。

問題を起こしていた給人が本丸御殿前の庭に出頭してきた。四人である。

目付頭小林半蔵に連れてこられた四人は、誰もが緊張を禁じ得ない顔をしておとなしく膝をついて座っていた。

宗政は広縁に出ると、その四人をにらむように眺めた。その目に憤りの色がありありと浮かんでいた。

同席する孫蔵は、宗政がどんな裁可を下すのか胸の鼓動を速くしていた。激烈な処罰は慎んでもらいたいが、もはや口を挟める雰囲気ではなかった。

一学も気が気でない顔で孫蔵のそばに座っていた。

「そのほうら、何故ここにおるかおのれの胸に聞くがよい」

四人の給人にはすでに呼び出された理由がわかっている。ぐうの音も出ないという顔つきだ。半裃《はんかみしも》に大小を差しているが、その体はずいぶん矮小《わいしょう》に見えた。

「意見あるなら。いまのうちに申せ」

四人は互いの顔を見合わせはしたが、それだけのことだった。

「言い解きはできぬと見た。ならばわしが断じる」

四人の給人は地蔵のように体を固めた。

空に舞っている鳶《とび》がのどかな声を降らせてくる。

「そのほうら給地召し上げ。屋敷を引き払い、即刻城内侍長屋にて起居せよ」

孫蔵はこの裁断に内心驚いた。一学も同様らしく、顔を向けてきた。

四人の給人は落胆もあらわに弱々しくうなだれた。

「ただし、給地召し上げの代わりに、相応の禄を遣わす。禄高はおって家老の鈴木多聞より申し渡す」

宗政はそう言うなり、さっと立ち上がり自分の政務室である書院へ向かった。

それを見送った孫蔵は、

(辰之助、おぬし、やはりうつけではないわ)

と、内心でつぶやき、にやりと浮かぶ笑みを抑えることができなかった。

七

宗政のもとに鈴木多聞がやってきたのは、その日の夕刻であった。

「殿、殿……」

書院部屋に入ってくるなり、落ち着きなくそばに座る。

「なんだ」

「殿、なんだではございませぬ」

「では、なんだ？」

「だから、ええい、もうそんなことはよろしゅうございます。給人の不正に対する処断はなかなかのことでございました。わたしは老婆心ながらうるさいことを申してきましたが、今日ほど殿に感心いたしたことはありませぬ。そこでひとつ用談があります」

「なんだ？」

「給地のことでございます」

「ふむ。給地がいかがした？」

宗政は興味なさそうに多聞を眺める。

「この際、領内にある給地を召し上げたらいかがでございましょう。給地は給人たちによって差配されています。すなわち給地は本郷家の力を削《そ》ぐ一因にございます。給地が多ければ多い分、本郷家の権勢を弱くします。何故かおわかりでしょうか？」

多聞は老獪な目を光らせて見てくる。

「まあ、わからぬでもない」

「給人たちはおのれの給地において気ままに暮らしています。それはそれでよいことでございましょうが、謀反を起こさずとも謀反を起こしやすいのも給人たちです。何故かと申せば、給人たちに本郷家の掟《おきて》がしかと染みわたりにくいからです」

「さようなものか」

「さようなものなのです。給地を召し上げ、給人たちに俸禄を与えるようにすれば、かの者たちも本郷家のありがたみを思い知ることになります」

「そうなるかな」

宗政は表の向こうに見える雲を眺めた。

雲は傾く日の光を受け朱に染まりはじめている。

「なるはずです」

「多聞、そうは言うがのう、これまで給地で真面目に暮らしてきた給人もおるであろう。その者たちから不平や不満が出やしまいか。召し上げるといとも容易《たやす》く言うが、真面目に仕えている者たちのことを思いやれば、酷な気もする」

「ま、そうおっしゃるのもごもっともではございますが、これがいい機だと思うのです」

「やるとしても、それは機を見て差し障りなく順々にやるべきではなかろうか。前触れを出すのも一策であろう」

「ほう」

多聞は身を引いて口をすぼめ、また「ほう」と小さな目を見開く。

「いかがした？」

「これは意外や。殿がさように深いお考えをされているとは思いもせぬこと。鈴木多聞、恐れ入りました。いや、そう言われればたしかにそうでございます」

「よからぬことをやっている者がいれば、わしは許しはせぬが、真面目に勤めている者に無理なことは強いられぬ。そう思うのだ」

「たしかに仰せのとおりでございます。ではそのことはなかったことにいたしまして、かねての件でございます」

「なんであったか……」

宗政は早く多聞との話を切りあげたかった。急におたけの体が脳裏にちらつく。日が暮れはじめると、おたけの豊満な体が恋しくなる。

「普請の件です」

「おお、そのことは忘れておらぬ」

宗政は脳裏にちらつくおたけの体を追い払って目を輝かせ、言葉をついだ。

「普請についての評定はいつ開くのだろうかと考えておったのだ」

「お忘れではありませんでしたか。安心いたしました」

「わしにはよい考えがあるのだ」

「他の家老らにも普請にあたり何か工夫ある考えをしてくれと頼んでおります。二日後に評定を開くというのでいかがでございましょう」

「かまわぬ。わしはいつでもよかったのだ」

「ならば二日後に評定を開く段取りをいたしましょう。では、これにて失礼つかまつります」

多聞は後頭部にわずかに残っている髪の毛で結った小さな髷《まげ》を見せて、そのまま去って行った。

宗政は多聞を見送ったあとで、ゆっくり立ち上がり縁側に行き、沈みゆく夕日を眺めた。

(この国は安泰だ)

そう思わずにはいられなかった。

しかし、現実は違う。

宗政の知らないところで新たな事件が起ころうとしていた。

第六章　襲撃やまず

一

平湯庄《ひらゆしょう》にある下郷村の詰所で、村横目の佐藤九兵衛《くへえ》と田中亀之助《かめのすけ》は、おてんの世話を受けて夕餉《ゆうげ》に取りかかっていた。二人の膳部の傍らには徳利があり、二人は差しつ差されつしている。酒はどぶろくである。

「あと一月もすれば寒くなる。その前に城下に戻りたいが、どうにかならぬものか」

亀之助はぐい呑《の》みに口をつけてため息をつく。

「小林様は頼みを聞いてくだされませんで……」

九兵衛もため息をつき、南瓜《かぼちゃ》の煮物を口に入れる。

「あと半年はここにいなければならんのかのお」

「半年ですめばよいですが、来年の夏まで勤めろと指図があればいかがします」

九兵衛は亀之助のでこ面《づら》を眺める。

「そりゃあ勘弁願いたい。もしさようなことになったら、おれは何が何でも小林様に意見する。代わりはいくらでもいるのだ」

「おっしゃるとおりです」

「あのぉ、平湯庄がお嫌いなのですか……」

物静かで無口な下女のおてんが、めずらしく口を挟んだ。

九兵衛と亀之助は、同時におてんを見た。小柄で色の黒い三十年増《どしま》だ。亭主と子供を流行病《はやりやまい》で亡くしている。

「嫌いではないが、城下にはおれにも九兵衛にも妻と子があるのだ。たまに会えるとはいえ、一冬越して夏も越した。妻と子のいる家に帰りたいと思うのは道理ではないか」

亀之助が答えると、おてんはうつむいた。

「わたしには身内がないので、田中様と佐藤様が帰られると淋《さび》しくなります」

九兵衛と亀之助は互いの顔を見合わせてから、おてんを見た。

「おてん、おれたちがいなくなっても、またつぎの者が来るのだ」

「でも、田中様と佐藤様はやさしくしてくださいますから……」

「あれ、他の者はそうではなかったのか？」

九兵衛は目をしばたたいた。

「みなさん、それぞれですから……」

「ま、そうであろう」

亀之助が答えると、おてんはそろそろ飯にするかと聞いた。

「そうだな。飯を食って、寝るとしよう」

「しかし、夜の見廻《みまわ》りが終わって体が楽になりました」

九兵衛はおてんから飯碗《めしわん》を受け取って言った。

「そうは言うが、見廻りの者たちが帰ってしまったので、また賊が来やしないかと不安がっている百姓がいる」

「毎晩見廻っていたんです。賊もさすがに尻込みしてるんでしょう」

九兵衛はそう言って飯に取りかかった。

「そうであればよいが……」

亀之助も飯を頬張った。

その頃、奥平《おくだいら》藩と椿山《つばきやま》藩の国境《くにざかい》になる黒谷峠に助五郎《すけごろう》たちが到着していた。

空には皓々《こうこう》と照る月が浮かび、星が散らばっている。

助五郎のそばには安綱《やすつな》の使者となっている米原銑十郎《よねはらせんじゅうろう》と、その家来二人がいた。

「そろそろよい頃合いだろう。ここから平湯庄まではさほどの道程《みちのり》ではない」

銑十郎は助五郎を見た。

「米原様、殿様は約束を守ってくださるでしょうね」

「懸念あるな。殿はおぬしらのはたらき次第できっと取り立ててくださる」

助五郎は闇夜に光る目で銑十郎を短く眺め、

「わしはたとえ相手が一国一城の大名でも裏切りは許さねえ。心得ておいてもらいますよ、米原様」

と、釘《くぎ》を刺した。

「わかっておる」

銑十郎がうなずくと、助五郎は背後に従えている仲間を見て、

「行くぞ」

と、馬腹を軽く蹴った。

馬が歩きはじめると、仲間がそれに従って歩き出した。馬に乗っているのは助五

郎と吾市《ごいち》、そして二十歳になったばかりの十郎《じゅうろう》だった。徒歩で従うのは八人。総勢十一人だった。

助五郎たちは暗い峠道を下っていく。平湯庄までおよそ一里半。

「助五郎さん、おれたちゃ騙《だま》されてるんじゃねえだろうな」

助五郎の馬に吾市が近づいてきて低声《こごえ》で言った。

「なぜ、そう思う？」

助五郎は馬に揺られながら吾市に顔を向けた。

「話がうますぎるじゃねえか」

「そうかな。おれたちはいやな仕事をする。その見返りに士分と禄《ろく》をもらえるんだ。奥平の殿様が直々《じきじき》に約束してくれたんだ」

助五郎は低声で答える。

宇佐美《うさみ》安綱との約束を知っているのは助五郎と吾市だけである。他の者には教えていなかった。

「それに米や他の食い物を頂戴できる。それらはみなおれたちのものになるんだ」

「たしかにそうだが、気に食わねえんだ」

「何がだ？」

助五郎は尖《とが》り顎でぎょろ目の吾市を見る。短気な男だが、助五郎には従順だ。

「孫助《まごすけ》のことを忘れたか？」

見返峠ではじめて安綱に出会ったとき、孫助は安綱の家来に斬られた。

「忘れてはおらぬ。小六《ころく》が片腕を斬り落とされたことも……」

「それなのに、いまはそんなことをした相手の指図に従っている」

助五郎は馬を進めながら短く黙り込んでから答えた。

「吾市、頭を使うんだ。おれたちが浮かばれる道が拓《ひら》けようとしてるんだ。そのために役立つものなら、敵《かたき》だって踏み台にする。そうしなければならねえんだ」

「おれはいずれ孫助の敵を討ちてえ」

助五郎は短く吾市を眺め、

「それは先に取っておけ。その機が来るまで」

と、諭してから背後を振り返り、馬に乗って最後方についている十郎をそばに呼んだ。

「なんです？」

「村を襲うが、おまえはまずは米俵を載せる大八か荷車を調達しろ」

「はい」

「欲を出して積み過ぎると馬が歩けなくなる。加減をするんだ」

「わかってますよ」

十郎はにやりと余裕の笑みを浮かべた。

二

「田中様！　佐藤様！　た、大変です！」

おてんの悲鳴じみた声で目を覚ましたのは九兵衛だった。

「なんだ、どうした？」

「か、か、火事です！　火が広がっています！」

「なんだと」

九兵衛は寝ぼけ眼《まなこ》を一気に見開き、鼾《いびき》をかいて寝入っている亀之助を揺り起こした。

「亀之助さん、亀之助さん、起きてください」

「な、なんだ」

起こされた亀之助はふわっと大きな欠伸《あくび》をした。

「寝ている場合ではありません。火事だそうです」

九兵衛はそう言うなり寝間を飛び出して、

「どこが火事だ？」

と、戸口を開けておろおろしているおてんに聞いた。

「あ、あっちです。岩下村《いわした》です」

九兵衛は裸足《はだし》のまま外に飛び出し西のほうにある岩下村に目を向けた。たしかに炎が見える。それもひとつ二つではない。

「あっ……」

思わず驚きの声を漏らしたのは、大きな炎が立ち昇ったからだ。一軒の百姓家が燃えはじめたのが見て取れた。

「こりゃあ大変だ。亀之助さん、亀之助さん！」

大声で呼ばわったとき、亀之助が目をこすりながら戸口から出てきた。

「見てください。火事です」

「ああ……」

亀之助も火事に気づき目をみはり、

「九兵衛、また賊の仕業だったら大変だ。様子を見に行くのだ」

そう言うなり、亀之助は家のなかに駆け戻った。九兵衛も戻って急ぎ着替えをし、大小を腰に差して厩《うまや》に急ぎ、馬を引っ張り出して走らせた。

亀之助も同じように馬に乗って追いかけてきた。

「賊の仕業だったらいかがします」

九兵衛は後ろから走ってくる亀之助を振り返った。

「捕縛するんだ」

「大勢だったらどうします？　こっちは二人です」

「それでも何とかしなければならぬ。急ぐんだ」

亀之助が馬腹に鞭《むち》を打てば、九兵衛も同じように馬を急き立《せ》てた。

岩下村が近づくにつれ、田のなかに拵《こしら》えられた稲架掛《はさが》けが燃えているのがわかった。それはひとつ二つではなかった。あちらの田もこちらの田の稲架掛けも燃えている。

燃えている百姓家も一軒だけではなかった。三軒も四軒もある。

（どういうことだ）

九兵衛は馬に鞭をくれながら、胸の内に問う。

下郷村の詰所から岩下村まで六町（約六五四メートル）ほどだ。九兵衛と亀之助は馬を疾駆させた。

燃える炎があたりを照らしている。いくつもの動く人影がある。強い夜風が火の粉を飛ばし、黒煙が月明かりに浮かびあがっていた。

「あ、あれは！」

九兵衛は凝然と目を見張った。

火事になっている一軒の百姓家の近くに人影が見え、その人影が逃げる男の背中を斬りつけるのがわかったのだ。

「こりゃ大変だ。亀之助さん、賊の仕業かもしれません」

「引っ捕らえるんだ！」

亀之助がいきり立った声を張り、腰の刀を引き抜いた。

「九兵衛、油断いたすな！」

「承知です」

答えた九兵衛は馬から飛び下りると、抜き身の刀を引っさげて火事場に駆けた。

と、一人の女を追っている男が見えた。手に刀を持っている。

「やめろ、やめぬか！」

大声で呼ばわると刀を持った男が九兵衛に気づき、女を追うのをやめ向かってきた。

九兵衛も男に向かって駆けた。

「たあー！」

大上段から斬り込んでいったが、相手はうまくかわし、刀を横薙《よこな》ぎに振ってきた。九兵衛は跳びしさってかわし、突きを送り込んだ。だが、またもやかわされた。

「くそッ」

九兵衛は構え直して相手との間合いを取った。あちらこちらから悲鳴や怒鳴り声が聞こえてくる。ぱちぱちと火の燃える音や材木の倒れる音もする。

流れてくる煙が九兵衛の目にしみた。

「きさまらだな。中小路村の名主一家を殺した賊は……」

九兵衛は間合いを詰めた。相手は腰を落とし、妙な構えで刀を持っている。襤褸《ぼろ》を纏《まと》ったような身なりで、手甲脚絆《てっこうきゃはん》をつけている。半羽織をつけているが、それは獣の皮のように見えた。

相手は黙したまま迫ってくるなり、俊敏に地を蹴って大上段から刀を撃ち込んできた。

九兵衛はかわしきれず、刀を地面と水平にして受け止めるなり、斜め横に跳んで振り返った。そこへ相手の刀が眉間を狙って打ち込まれてきた。

九兵衛は腰を低め半身をひねって相手の太股《ふともも》を斬りつけた。

「あっ」

相手が短い悲鳴を発して大きく下がった。斬った感触はあったが、深く斬っては
いないとわかった。

燃える炎が相手の双眸《そうぼう》を赤く光らせていた。九兵衛は間を詰めて行くが、相手は
足に傷を負ったせいか大きく下がり、さっと背を向けて逃げた。

「逃げるな盗人《ぬすっと》！　待て！」

叫んだが、男は闇のなかに消えた。あたりを忙しく見まわすと、亀之助がひとり
の男と刃《やいば》を交えていた。助太刀《すけだち》に行こうとしたとき、一頭の馬が荷車を引いて八幡《はちまん》
街道に向かうのが見えた。荷車には米俵が積んであった。

「くそ、こやつら」

奥歯をぎりりと嚙《か》んだとき、

「うわーっ」

という悲鳴が近くでした。亀之助が斬られたのだ。

「亀之助さん！」

九兵衛は慌てて倒れた亀之助のそばに行った。斬った男はもう遠くに逃げていた。

「しっかりしてください。亀之助さん」

声をかけたが、亀之助は首の付け根を斬られており、大量の血が溢《あふ》れていた。

「く、九兵衛、ぞ、賊を捕まえ……」

亀之助はそう言うなり、がっくり首をうなだれ息絶えた。

「亀之助さん、亀之助さん！」

九兵衛は亀之助の体を抱いて叫んだが、もう返事はなかった。九兵衛のなかで怒りが一気に爆発した。双眸をらんと光らせると、亀之助の体を横たえ八幡街道に向かっている賊を追った。

「待て待て待てー！　椿山藩本郷《ほんごう》家家臣、村横目の佐藤九兵衛である！　きさまらの悪行決して許さぬ」

髪振り乱し、一目散に賊を追う。追いかけるがその距離はなかなか詰まらない。

「待て、待たぬか！」

大声で呼ばわったときだった。何かが飛んでくるのが見えた。

その直後、胸に小さな衝撃。九兵衛ははっとなって立ち止まった。胸に一本の矢が突き刺さっていた。

引き抜こうとしたとき、またもや胸に矢を受けた。

「く、くくっ……」

立っていることができず、膝から頽《くずお》れた。全身から力が抜けていく。立ち上がろうとしても、力が入らない。

地面を掻《か》きむしるように両手を動かしながら頭を上げ、逃げる賊の黒い影を見た。その影がどんどん遠くに離れ見えなくなった。

九兵衛は痛みと苦しさを堪《こら》えながら仰向《あおむ》けになった。焦げ臭い臭いといっしょに煙が頭上を流れている。

やがて月がぼやけて見えるようになった。死ぬのだと思った。

「……お松《まつ》……あ、朝吉《あさきち》」

妻と子の名をつぶやいた。

二人の笑顔が脳裏に浮かぶ。九兵衛の頬が少しだけゆるんだ。

「会いたい、会いたい。おまえたちに会いたい」

もうその声はかすれていた。言葉を口にするのが苦しくなった。こんなところで、こんなふうに死ぬのだと思うと、悔しくてならない。死にたくない。目尻から涙がこぼれ落ち、急速に意識が薄れていった。

三

新たに起こった平湯庄での災禍が椿山藩本郷家に届けられたのは、翌日のことだった。

目付頭《がしら》の小林半蔵《はんぞう》は同心十人を連れて平湯庄での調べをし、遅れて到着した徒《かち》組《ぐみ》の者十五人を残し、急ぎ城に戻り、国家老の田中外記《げき》と家老の佐々木一学《いちがく》、同じく家老の田中孫蔵《まござう》に調べ上げた委細を言上した。

報告を受けた孫蔵は、他の家老らといっしょに沈鬱な表情で評定《ひょうじょう》に入った。

「賊は四軒の家を襲い、稲架掛けの行われている田の五つに火をつけ、百姓の家の納屋から米俵を盗んでいる」

田中外記が報告を受けたことを復唱した。その端正な顔は苦渋に満ちている。

「死傷した者は十九人。そのなかには赤子もいれば、陵辱された娘もいる」

「村横目も殺されている」

一学だった。

「されど、横目のひとりは生き残っています。佐藤九兵衛という者です。怪我《けが》はしていますが一命を取り留め、城下の屋敷にて治療をしている由」

孫蔵だった。

「孫蔵、その者から話を聞けるであろうか。聞けるなら直接に聞きたいものだ」

「是非にもすべきでしょう」

孫蔵は一学に応じ、外記を見た。

「外記様、いかがでございましょう」

「できるものならそうすべきだ。孫蔵、そなたにまかせたいが、どうだ？」

「早速にも聞き取りを行いたく思いまする」

「殿の耳にも入れなければならぬが、いかがいたす」

外記が孫蔵と一学を交互に眺める。

「村横目の九兵衛から聞き取ったのちがよいのではないでしょうか。九兵衛は賊と一戦交えたらしいので、より詳しいことがわかるかと思いますが」

孫蔵の提案に外記も一学も異を唱えず、

「ならば、孫蔵の調べを待ってからにいたそう」

と、外記が答えた。

三人の評定が終わると、孫蔵は目付頭の小林半蔵の案内で、佐藤九兵衛の屋敷を訪ねた。応対に出てきた妻に孫蔵は自分のことを名乗り、半蔵を紹介して寝間に通してもらった。

「あなた様、ご家老様とお頭の小林様がお見舞いに見えました」

妻が紹介すると、九兵衛は身を起こそうとした。

「そのまま、そのままで……」

孫蔵は九兵衛を制して、医者にどんな様子だと聞いた。

「矢が急所を外れていたのがさいわいでした。また村医者の手当てもよかったのでしょう」

「ふむ。九兵衛、災難であったな。話すことはできるか？」

孫蔵は医者から九兵衛に顔を向けた。九兵衛は悔しそうに唇を噛んでから、話せますと応じた。

「おぬしは賊を見たのだな？」

「見ました。拙者に向かってきたのはまだ若い男でしたが、他に十人ほどの賊がいたはずです。たしかな数はわかりませぬ」

「その賊の正体はわからぬか？」

九兵衛はゆっくりかぶりを振ってから答えた。

「賊は八幡街道のほうへ逃げてゆきました。それからどっちへ行ったかはわかりませぬ」

「賊を捜す手掛かりはないだろうか？」

孫蔵は九兵衛の顔を眺める。すでに表は暗くなりかけている。部屋のなかもうす暗くなっていた。

「それは、拙者には……。亀之助さんは助かっておりませぬか？」

その問いに答えたのは半蔵だった。

「残念だが、生きてはいなかった」

九兵衛は「はーっ」と短く息を吐き、悔しそうに目を潤ませた。

「殺されたり怪我を負った者は十九人。そのなかには赤子も含まれておる。手込めにされた娘もいた」

「むごいことを……」

「九兵衛、もう一度聞くが賊について何か覚えていることはないか？」

孫蔵は九兵衛を見つめる。九兵衛はしばらく記憶の糸を手繰るような目で考えていたが、斬り合った相手の顔もおぼろにしか覚えていないのでよくわからないと答えた。

孫蔵は小さく嘆息をして、半蔵と顔を見合わせたあとで、

「九兵衛、災難であったがしっかり養生せよ」

そう言って九兵衛の家を辞去した。

「ご家老、これからいかがされます。拙者はもう一度平湯庄に行き、村の者から話を聞こうと思います」

「まずは殿に知らせなければならぬ。平湯庄へは、まさかこれから行くというのではなかろうな」

「国の一大事です。これからまいるつもりです」

「ご苦労であるな」

孫蔵はその場で半蔵と別れ、城に引き返した。すでに日は落ち、あたりは暗くなっていた。満天に星が散らばっている。

夜道を歩む孫蔵の足取りは重かった。

四

「なに、それはいつのことだ！」

孫蔵から平湯庄にまたもや賊があらわれ、岩下村が被害にあったと聞かされた宗《むね》政《まさ》はかあっと目をみはった。

「昨日の夜のことです。殺されたり怪我をした者は十九人。四軒の家が焼かれ、稲架掛けをしてあった田にも火がつけられています」

「十九人のうち生きているのは……」

「十六人が殺され三人はひどい怪我や火傷《やけど》をしていると聞いています。死人のなかには赤ん坊も含まれております。また、手込めにされた若い娘もいると……」

「何ということを」

宗政は歯軋《はぎし》りをしてにぎり締めた拳を自分の膝に打ちつけた。

「して、賊のことは？」

宗政は憤りを隠さず、ぎらつく目を孫蔵に向けた。

「何もわかっていませぬが、目付が調べを進めています。村を襲った賊は八幡街道へ向かったことがわかっています。ただ、街道に出てどこへ向かったのかは調べているところでございまする。街道を西へ行ったか、東へ行ったか、あるいは街道を横切って南へ向かったか、それはこれからの調べです」

「何という賊だ。見つけ次第八つ裂きにしてやりたいものだ。それでいま平湯庄はどうなっておる？」

「同心十人と徒組の者十五人が村の警固をしています。また、目付頭の小林半蔵が聞き調べをするために村に向かっています」

「さようか。彼《か》の地には村横目がいたはずだ。その者たちはいかがした？」

「田中亀之助という村横目は賊の凶刃に倒れました。もうひとり佐藤九兵衛という者は、賊の放った矢を胸に二本受けましたが、一命を取り留め自宅屋敷にて治療をしています」

「村横目も……」

宗政はむなしそうに首を振って、何たることと、つぶやきを漏らした。

「いずれにせよ。明日にはもう少し詳しいことがわかると思います」

「孫蔵、わしは明日の朝早く平湯庄へ行く。おぬしもいっしょだ。馬を飛ばせば昼過ぎには着けるであろう」

「殿自ら調べにあたるとおっしゃいますか」

「じっとしてはおれぬ。そうではないか」

「承知いたしました。では、さような手配りを致しましょう」

そのまま孫蔵は御殿奥座敷を出た。廊下に出ると控えていた小姓頭の鈴木春之《はるの》

丞《じょう》に、

「いまの話、聞いたであろう。明日の早暁に城を出立する。馬の手配をしておいてくれるか」

と、申しつけた。

翌朝、東雲《しののめ》が橙《だいだい》に染まる前、孫蔵と宗政は椿山城を馬で出た。供をつけるかと孫蔵は宗政に聞いたが、「いらぬ」と一蹴された。

二頭の騎馬はまだ暗い八幡街道を平湯庄に向かって疾駆した。宗政の乗る馬は口の部分が黒く、背が黄色に深い赤みを帯びた毛並みの黒鹿毛雲雀《くろかげひばり》である。孫蔵の馬は普通の栗毛《くりげ》であった。

二頭の馬は蹄《ひづめ》の音をうす暗い野路にひびかせ風を切って走った。城から二里程行ったところで、朝日が差して明るくなった。

一本杉の近くで馬を休ませ、水を与えた。孫蔵と宗政も水を飲んでしばし休んだ。馬は一気に走らせても一里程度だ。

急ぐとしても、駆け足と並足を交互に繰り返す必要がある。

「辰之助《たつのすけ》、おまえ様とこうやって馬を走らせるのは久しぶりであるな」

孫蔵はまわりに誰もいないので、親しく話しかける。

「ああ、そうだな。いつぶりだ？」

宗政は朝靄《あさもや》に包まれた周囲の景色を眺めて問う。

「もう四、五年はたつであろう」

「その頃はまだ父上が生きているときであったな」

「そうだな。ご先代様もまだお元気だった」

「それにしても忌々《いまいま》しいことだ。何故《なにゆえ》、賊があらわれるのだ。それも平湯庄に限っておる。まさか城下の村にもあらわれるというのではなかろうな」

「そんなことになったら一大事だ。いまも一大事であるが……」

「まったくだ。さ、まいろう」

二人は再び馬に跨《また》がり先を急いだ。

平湯庄に入るどっこい坂を登り切ったのは、昼近くであった。

「まずは賊に襲われた岩下村へ」

孫蔵はそう言って宗政を先導した。村に入ってすぐに警固にあたっている者たちの姿が見えた。孫蔵と宗政の馬に気づくと、警戒するように道に出てきた。

「殿である。殿をお連れした！」

孫蔵が声高らかに告げると、警固の者たちが一斉に跪《ひざまず》き、先乗りをしていた小林半蔵が出てきた。

「半蔵、大儀である。賊のことはどこまで調べがついておる?」

宗政は半蔵が口を開く前に問うた。

「はは、少しずつわかってまいりましたが、詳しいことはいま少し調べなければなりませぬ」

「わかっているだけのことを教えろ。だが、その前に襲われた家を検分いたす」

宗政はそう言って馬を下りた。孫蔵も倣《なら》って馬を下り、近くにいた同心に馬の世話を頼み、半蔵の案内で宗政といっしょに賊に襲われた家を見てまわった。

焼かれた家はもはや黒い残骸と化し、いまだ小さな煙がくすぶっているところがあった。

母屋《おもや》だけでなく納屋も焼け落ちていた。また周囲の田も黒くなっており、収穫されたばかりの稲束も、さらに穂を摘み取られた藁束《わらたば》も灰になっていた。

遺体は片づけられていたが、賊に襲われ火をつけられ家をなくした百姓夫婦が呆《ぼう》然《ぜん》と立っていた。

「これはおぬしの家であったか……」

宗政が声をかけると、亭主のほうは声もなく首を振り、

「どうしてこんなひどいことをされなきゃならんのでしょう」

と、いまにも泣きそうな顔をした。女房のほうはすでに泣き顔で、しゃがみ込んで背中を波打たせ、

「何もかもなくなった。倅《せがれ》も娘も……」

と、うめくような声を漏らした。

「倅と娘が襲われたか?」

宗政が聞いた。

「殺されました。わたしの目の前で……」

女房はそう言っておいおいと泣き崩れた。

宗政は憐憫《れんびん》を込めた目で夫婦を眺め、つぎの家に向かった。その家も似たり寄ったりのひどい有様だった。四軒目の家を見て、焼かれた田を見てまわったあとで、

「何の因果で斯様《かよう》なひどいことを。人にあるまじき非道な行い、わしは断じて許さぬ」

宗政は憤りをあらわにしたあとで、

「調べでわかったことを教えよ」

と、小林半蔵に顔を向けた。

五

半蔵は村の者からこまめな聞き取りを行っていたが、わかったことは少なかった。突然家を焼かれ、そして賊に乗り込まれた百姓たちのほとんどは寝込みを襲われたせいで、精神が恐慌し、悩乱していたらしく逃げ惑うのが精いっぱいで覚えていることはほとんどなかった。

「ただ、襲われた家から離れたところに住む百姓が、襲った賊の黒い影を見ていました」

「それは……」

宗政は身を乗り出し、まばたきもせずに四角い顔に鼻の脇に小豆大《あずき》の黒子《ほくろ》のある半蔵を凝視する。

「賊は八幡街道に出たあと、西へ向かったと言います。その数十一だったとか……」

「十一人の賊であるか」

「殿、西へ向かったのであれば黒谷峠のほうということになります。あの峠の先は

「奥平藩宇佐美家の領内」

孫蔵は緊張の面持ちで言った。

「宇佐美家の領内であろうがなかろうが、草の根分けてでも賊は捜さなければならぬ」

「いかにも」

孫蔵は顔を赤くして憤る宗政に応じた。

「よし、これより賊のあとを追う」

宗政は腰掛けていた床几《しょうぎ》から立ち上がると、半蔵が引き連れている家来たちを眺めた。

「殿、いまから追っても見つけられるとは思いませぬが……」

孫蔵が進言すると、宗政はきっとした目を向けてきた。

「決めつけるな孫蔵。追う手掛かりを見つけられるかもしれぬではないか」

「たしかにさようなことも……」

孫蔵は押し黙るしかなかった。

「みなの者わしにつづけ」

宗政はそう言うなり自分の馬につかつかと歩いて行った。

「半蔵、さようなことだ。殿に従うのだ」

孫蔵は半蔵に指図して、自分も馬のところへ向かった。

宗政を先頭に家来衆は八幡街道に出ると、そのまま西へ向かった。国境《くにざかい》になる黒谷峠までは約一里半で、ほとんどが登り坂だ。

道の両側は藪《やぶ》や雑木林で、ところどころには竹や木の枝が行く手を遮るように突き出ていた。往還は峠に近づくに従い狭くなり、そしてくねくねと曲がっている。

一行は周囲に注意の目を配り、また足許《あしもと》の地面に目を凝らしていた。しかし、ここしばらく晴れ間がつづいているので、乾いた地面には足跡ひとつ発見できなかった。

「賊の落とし物があるかもしれぬ。しっかり地面を見るのだ」

孫蔵はついてくる家来に注意を与え、自分も目を皿にして足許の地面を見ていくが、落とし物らしきものはない。

「人通りがないな。旅の者や行商人に会ってもよさそうなものだが……」

孫蔵がつぶやくと、

「峠を越えてくる行商や旅の者は少のうございます。多くの者は険しい峠を避け、舟を使うのが多うございます」

と、半蔵が説明した。

「そうであったか」

孫蔵は納得する。椿山藩には絹川が流れている。上流の国からやってくる旅人や行商人は、絹川を下る舟を多用している。

やがて一行は峠に辿《たど》り着いた。

「殿、この先は奥平藩の領内です。無闇に足を踏み入れるのは憚《はばか》られます」

孫蔵は宗政の近くに行って進言した。

「これから先には行けぬか」

「行ってもかまわぬでしょうが、もし宇佐美家の家臣と顔を合わせるようなことになれば、いささか面倒になります」

「そういうものか」

宗政は峠の先を見ながらつぶやく。一国の大名が先触れもせずに他国に入るのは問題になる。もし露見すれば、非難されるのは必至。

「かくなるうえは宇佐美家にお伺いを立てるのも一計かと思いまするが……」

孫蔵は宗政を見る。

「うむ。城に戻って一度重役らの考えも聞くべきであろう」

宗政は思案顔をして孫蔵に答えると、ゆっくり馬首をめぐらして、

「引きあげる」

と、一行を促した。

二日後、城に戻った宗政は、御殿広間に藩重役一同を集め、平湯庄で起きた事件について評定を開いた。

宗政の前にいるのは、若家老の孫蔵他、佐々木一学、鈴木重全《じゆうぜん》、鈴木多聞《たもん》、田中外記、そして廊下に近い場所に郡《こおり》奉行の田中三右衛門《みつえもん》、馬廻り組組頭の鈴木半《はん》太夫《だゆう》が控えていた。

まずは孫蔵が此度《こたび》どこの者とも知れぬ賊に襲われた平湯庄の被害状況を説明した。

「中小路村も襲われたばかり、そのほとぼりも冷めぬうちに岩下村まで……」

うめくような声を漏らすのは、鈴木重全だった。国許の家老のなかでは多聞につぐ年寄りである。

「合わせて四軒の百姓の家が焼かれ、殺されたり怪我をした者は十九人。尋常ではありませぬな。おまけに米まで盗まれているとは……」

多聞が苦々しい顔で口を開いた。

「殺されたなかには赤子もいます。さらに賊に手込めにされた娘も……」

孫蔵が付け足した。

「殿、賊の正体はわかっておらぬのですか？」

多聞だった。

「わかっておれば、即座に手配りをするところであるが、目付らの調べでは何もわからずじまいだ」

宗政はいつになく真剣な顔つきで言葉をついだ。

「賊を見つけなければならぬが、その前に厄難に遭った百姓らに救いの手をのべなければならぬ。住む家をなくし、食い扶持《ぶち》も失っているのだ。そのこと三右衛門、いかが考えておる？」

宗政は入側《いりがわ》に近い場所に座っている三右衛門に声をかけた。

「平湯庄に留《とど》まっております目付頭小林半蔵の差配で、親戚縁者や近所の者たちに世話をさせているところでございます」

「うむ。藩としても救いの手を伸ばさなければならぬ。厄難に遭った者たちの年貢を免じるのは当然であろうが、藩からの費《つい》えも出すべきであろう。一学、考えてくれぬか」

宗政に言われた一学は、畏《かしこ》まって承知したと答えた。

評定は宗政主導で行われ、被害を蒙《こうむ》った者たちに御救い米を救恤《きゅうじゅつ》し、さらに生活の立て直しのために義捐金《ぎえんきん》を与えることが決まった。これについて異を唱える者は誰もいなかった。

「されど、問題はまたあらわれるかもしれぬ賊をどうするか……」

重全が重苦しい声を漏らす。

「賊は退治しなければならぬ。そして賊は奥平藩領に逃げた節がある」

「それがまことであれば、奥平藩宇佐美家に助《すけ》を頼むべきでは……」

「手を貸してくれるかな」

懐疑的なことを言うのは、多聞であった。さらにこうつづける。

「宇佐美家は当家を心良く思うていない節があると耳にしております」

「なに、それはどういうことだ？」

宗政は多聞に顔を向ける。

「平湯庄です。彼の地はもとは宇佐美家の領地でございました。お上《かみ》のお指図で当家が賜り、豊かな土地に変えたという経緯があります。代は替わっておりまするが、いまの当主である宇佐美左近《さこん》様には平湯庄を取り返したい意があってもおかしくはありませぬ」

「まさか、さようなことはなかろう。お上の指図で当家がもらった土地だ。それにあそこは作物も穫《と》れぬ荒れた土地であった」

言葉を返すのは重全だった。

「それがいまや豊かな土地になり、そのことを宇佐美家が悔やんでいてもおかしくはないでしょう」

「だから返してくれと言ってくるとでも……」

「あっても不思議はないであろう。それに宇佐美家は譜代。当家は外様。幕府重役連にはたらきかければ、当家が領地返納を求められるかもしれぬ」

「馬鹿な。さような道理はとおりはせぬ」

「そうであろうか……」

多聞は小さな目を光らせて宗政を見、静かに言葉をついだ。

「殿、そのこと注意が必要でございますよ。頭の隅に入れておいてくださいませ」

孫蔵はそんな懸念があるとは考えてもいなかったが、多聞は年寄りながら経験豊かな城代を兼ねる有能な家老。宇佐美家への用心は必要かもしれないと思った。

「それはさておき、賊を成敗しなければならぬ」

宗政が焦《じ》れたような声を発した。

「宇佐美家へ賊を捜す助を頼んだらいかがでしょうか？」

孫蔵が提案したが、

「ならぬ」

と、多聞が却下した。

「さようなことを頼めば、当家の治国に不備があるのを教えるようなものだ。そのことを大袈裟《おおげさ》に取り沙汰され、江戸に注進されるとなれば、殿の治国を咎《とが》められるやもしれぬ。結句、幕命により転封、あるいは減封となればいかなるや」

「では賊のことはいかがする？」

宗政は目を光らせて多聞を見、そして他の家老に目を向けた。

「平湯庄の警固を増やし、賊の暴挙に備える郡代所を設けたらいかがでしょう」

一学の提案だった。宗政は即座にその提案を受け入れ、さっそく警固の兵を増やすように指図した。

孫蔵はその評定において何の意見もしなかったが、宗政の胸のうちはわかっているつもりだった。宗政は正義感が強い。何が何でも賊を捜し出し討ち取ろうと考えている。

それはそれでよいと考えるが、多聞が口にしたことも気になっていた。

六

奥平城の上には真っ白い満月が浮かんでいた。風が強く雲の流れがその月の光をときどき遮っていた。

本丸御殿奥に引き取った宇佐美安綱《やすつな》のもとに小姓がやってきて、

「殿、鮫島佐渡《さめじまさど》様がお目にかかりたいそうです。なんでも急ぎお耳に入れなければならないことがあるとおっしゃっています」

と、告げた。

「佐渡はどこだ？」

「書院そばの次之間にてお待ちです」

安綱はすっくと立ち上がると、鮫島軍兵衛《ぐんべえ》の待つ次之間に向かった。

（こんな夜更けに……）

と、内心で吐き捨てる。

すでに四つ（午後十時頃）近くになっている。

書院部屋の隣にある次之間に入ると、軍兵衛が慇懃《いんぎん》に一礼した。

「遅くに申しわけございませぬ。急ぎお伝えしなければならぬことが出来《しゅったい》いたしました」

「なんだ？」

「岸川六郎兵衛《きしかわろくろうべえ》様が腹をお召しになりました」

「なに」

安綱は片眉をぴくりと動かした。

「いつのことだ？」

「自宅屋敷にて半刻《はんとき》ほど前のことでございます」

「そうか、腹を切ったか。愚かなことを……」

安綱はあきれたように首を振った。六郎兵衛は家老職から武具方に左遷させたばかりだ。だからといって切腹するとは思っていなかった。さては引下《ひきさげ》勤めが応えてしまったかと、同情は寄せなかった。

「それで殿宛てに書状が残されていました。岸川殿の家侍が先ほど届けにまいりました。これでございまする」

軍兵衛は膝行《しっこう》して安綱に近づいて書状をわたした。

安綱は書状を受け取ると、さっと開いて目を通していった。読み進めるうちに怒りがわいてきた。

六郎兵衛は安綱に対する恨み言を書いていたばかりでなく、国の治め方を批判していた。

さらに先代から仕えた苦労、先代の偉大さや人心掌握のうまさ、その他人の配置が適材適所であったなどとしたため、安綱は家臣の扱い、郡方の差配などが稚拙だなどと書いていた。

さらに偉大な主君のそばに仕え共に苦労をしてきたのに、最後にこんな仕打ちを受けることがわかっていれば、先代が薨去《こうきょ》されたときに追い腹を切ればよかった。

殉死を踏み止《とど》まったのは、安綱の面倒をよくよく見てくれと先代に頼まれたからだった。その責務を果たすべく安綱に仕えてきたつもりだったが、まさかこんな仕儀になるとは思いもしないことで残念でならない。

そして最後に、国の治め方についてもう一度考え直すべきだと糾弾していた。

「あの年寄り……」

読み終えた安綱はぎりっと奥歯を噛むと、書状を散り散りに破り捨てた。

「いかがされました？」

「とんだことを書き残しておった。わしのやり方がよほど気に食わなかったようだ。

死を覚悟して言いたかったことを書いておった。腹を切るぐらいならば、死を賭してでも予に言上すべきだったのだ。卑怯《ひきよう》なやり方だ。馬鹿者がッ」

安綱はぎらつく目で燭台《しよくだい》の炎を短く凝視したあとで、軍兵衛に視線を向け、

「能登《のと》のことはどうなっておる？」

と、問うた。

池畑《いけはた》能登守庄兵衛《しようべえ》にははっきり隠居を勧めろと、申しつけている。

「ははは、隠居を勧めてはいますが、能登様はのらりくらりとお返事をされるばかりで、何ともつかみようがありませぬ」

軍兵衛は申し上げにくそうに、言葉尻をすぼめてうつむいた。

「頑固爺《じじい》はだから扱いにくいのだ。よし、ならば折を見て予が直接話をする」

軍兵衛はほっと安堵《あんど》したように嘆息した。

「それにしてもどいつもこいつも……。軍兵衛、本郷家はどうなっておるのだ。何か言ってきてはおらぬか？」

「は、いまのところはなにも沙汰がありませぬ」

「さようか」

安綱はしばらく宙の一点を凝視し、

「六郎兵衛のことはわかった。奥方と身内の者に悔やみを申しておけ。それから些《さ》少《しょう》であるが、慰労の金を遣わそう。せめてもの弔いだ」

本意ではないが、それが藩主の務めだと安綱は考えている。

「御意。では、これにて」

「待て、米原銑十郎は戻っているであろうか？」

「夕刻、出先から戻ってきたのを見ております」

「呼んでくれ。聞かなければならぬことがあるので書院で待っている」

「はは」

軍兵衛が立ち去ると、安綱は散り散りに破いた六郎兵衛の書状を、立ち上がって踏みつけた。

忌々しいことをと吐き捨て、銑十郎を待つために政務の場に使っている書院に入った。

待つほどもなくやってきた米原銑十郎は、よほど急いできたらしく息を切らし、顔に汗をにじませていた。

「お呼び立てに与《あずか》り参上つかまつりました」

「夕刻に戻ってきたそうだな。なぜ、すぐ予のもとに来なかった」

「はは、日が暮れてでは殿にご迷惑だと思い遠慮をいたし、明日の朝にでもお目にかかろうと考えておりました」

「おぬしに与えた役目は大事なことだ。戻ってきたならきたで即刻予のもとに来るのだ。向後《こうご》気をつけろ」

「はは、十分に心得まする」

銑十郎は畏まって平伏した。

「それで本郷家の動きはわかったか?」

「助五郎どもは平湯庄で騒ぎを起こしております。そのことで本郷家は平湯庄に警固の足軽を集め、見廻りを行っています」

「それだけか……。百姓たちから不満や不平は漏れておらぬのか?」

「さようなことは窺《うかが》えませせぬ」

「何故?」

安綱は眉宇をひそめた。

「本郷家は助五郎どもに襲われた村に庇護《ひご》の手を差し伸べ、また焼き討ちに遭った百姓らには救恤米と義捐の金を与えています」

「なんだと……」

安綱は大きく眉を動かした。まったく自分の考えたとおりにことは運んでいない。それればかりか、本郷宗政はおのれの株を上げるようなことをしている。このままでは山賊を動かしたことが無意味になる。

「警固の足軽がいると申したが、数は？」

「ざっと勘定したところ三十人ほどではないかと思われまする」

三十人。さほどの数ではない。

「銑十郎、もそっとこれへ」

安綱は銑十郎をそばに呼び寄せると、身を乗り出して声をひそめた。

「助五郎たちにもうひとはたらきしてもらおう。このままでは十分ではない。平湯庄には警固の足軽どもがいるようだが、夜は手薄になるはずだ。その隙をついて夜襲をかけさせるのだ。先だっては四軒の家を襲っただけだが、今度はもっと大がかりなことをやれとけしかけろ。褒美ははずむ」

「いかようなことを……」

銑十郎は喉仏を動かし、ごくりと生唾を呑んだ。

「それはおぬしの考えにまかせるが、手ぬるいことはやるな。わかるか」

安綱はじっと銑十郎を見つめる。銑十郎は顔を強《こわ》ばらせ、意を酌んだようにうな

ずき、

「ならば徹底して襲わせましょう」

「本郷家の警固の足軽にも容赦はいらぬ。予からの密命だ。かまえて他言無用だ」

「承知いたしました」

七

平湯庄の村は平穏を取り戻していた。

田にあった稲はほとんど刈り取られ、稲架掛けがあちこちに見られた。稲刈りの終わった田には、脱穀の終わった籾《もみ》が小山のように積んであり、また百姓家の庭では広げられた筵《むしろ》の上で作業がつづけられている。

警固のために村を見廻る足軽たちに緊張感はなかった。岩下村が襲われて半月近くになる。その間、賊のあらわれる気配は微塵《みじん》もなく、警固の者たちには厭世《えんせい》の気分が高まっていた。

「もう何も起きないだろう」

と言う者がいれば、

「賊もおれたち警固の者を見れば近寄れはしない」

と言う者もいる。

そんな彼らは見廻りの途中で仕事をしている百姓らに気安く声をかけ、冗談を言ったり世間話をしたりしていた。

目付頭の小林半蔵は、村横目が使っていた詰所にいて見廻りの足軽たちの指揮をし、適確な指図を与えていた。

半蔵は謹厳実直な男で、これこれこうだと上から指図があれば決して怠ることなくやり遂げる性格だから、過敏なほど見廻りの足軽らの動きに注意の目を向けていた。

しかし、それも日がたつにつれ怠りがちになっている。何より賊の来る気配などまったくないのだ。村の者たちも先だっての厄難は知っているが、自分の身に危害が及ばなかった者たちは、被害にあった者たちに同情はすれど、内心では対岸の火事だったぐらいにしか考えていなかった。

その日、半蔵が詰所から出ると、城へ行っていた郡奉行の田中三右衛門が三人の家来を連れて戻ってきた。

「半蔵殿、何もないか？」

「村を見てのとおりだ。厄難はあったが、以来平和は戻っている」

半蔵はそう言って、神経質そうな狐《きつね》顔をしている三右衛門に笑みを浮かべた。

「まあ、このまま何も起こらぬことを願うが、賊を捜さなければならぬ。それが頭の痛いところだ」

「それはわしら目付の仕事でござるよ。まあしばらくは様子を見る他ないだろうが、わしの配下が必死になって賊の手掛かりを探しておる」

「一日も早く手掛かりがつかめることを祈るしかない。それはさておき、殿のご命令があってな」

「何でござろう？」

「平湯庄にはこれまで二人の村横目を手配していたが、それでは足りぬということになり、新たに役所を作ることになった。村横目と足軽十人ほどをそこに詰めさせるらしい」

「それはなにより。村の者たちもそれで安心するだろう。それでいつから役所を？」

「近いうちに作事方の大工が役所の場所を決め縄張りをするらしい」

「ならばこの詰所の近くがよかろうに」

半蔵はそう言ったあとで、

「すると、この詰所はどうなるのだ？」

と、ふいに浮かんだ疑問を口にした。

「家を焼かれた者に与えるそうだ。下女のおてんはそのまま、役所詰めにすればよいという話になっている」

「なるほど。そうなると平湯庄で悪事をはたらく者を捕まえやすくなる。よいことだわい。さてさて、見廻りに行ってまいろう」

その場で三右衛門と別れた半蔵は、二人の中間《ちゅうげん》を供につけて詰所をあとにした。

すでに日は西にまわり込んでいた。周囲の田ではたらく百姓たちや、道のところどころに立っている杉や松の影が長くなっていた。

半蔵は下郷村から山崎《やまさき》村に向かい、そこから岩下村に入った。賊に焼かれた家の建て直しが行われており、大工たちの使う杵《きね》や玄能《げんのう》の音が夕暮れ間近な空にひびいていた。

岩下村から下郷村に戻る頃には、日は西方にある観音山に沈みかかっていた。浮かんだ雲がきれいな茜《あかね》色に染まり、鉤形《かぎがた》に飛んでいく雁《かり》の群れがあった。

助五郎は米原銑十郎から新たな指図を受けていた。それは奥平藩当主宇佐美安綱の下知でもあった。

「此度は褒美をはずんでくれるそうだ。みんな、心してかかれ」

平湯庄に向かう助五郎は、黒谷峠まで来ると馬の足を止めて引き連れている仲間を振り返って言った。

銑十郎からも安綱当人からも、おのれと奥平藩の関係は口止めをされていたが、いつまでも隠せることではない。それに仲間は兄弟と同じようなものだ。だから、助五郎と奥平藩の関わりを教えたうえで、仲間には秘して口にするなと言い含めている。

「日が落ちるまでしばらく待とう。慌てることはねえ。みんな休め」

助五郎は馬から下りると、自ら近くにあった倒木に腰をおろした。

「助五郎さん、何で平湯庄の村ばかり襲うんです？」

十郎がそばにやって来て言った。

「おれに聞かれたってわかるもんか。殿様に意趣があるんだろう。そんなこたぁどうでもいいことだ。村を襲えばその分だけおれたちは潤う。何も損することはねえ。そうだろう」

助五郎は若い十郎の顔を見てにやりと笑う。

「ま、それはそうでしょうが……」

「なんだ不満でもあるか？　いい思いができるんだ。難しく考えることはない」

助五郎はぽんと十郎の肩をたたいて、休んでいろと言った。

仲間は思い思いの場所で体を休めている。それぞれの腰には切れ味のよい刀をぶち込んでいる。弓を背負っている者もいれば、長槍《ながやり》を手にしている者もいた。その数十六人。

「今夜は派手にやると言うが、どうやってやる？」

吾市がそばに来て腰をおろした。

「暴れまくるだけだ。下手《へた》な考えはなしだ。村に突っ込んでやりたい放題やる。ただし、米は荷になるから今夜は盗みはやらん」

「村には見廻りの足軽が三十人ばかりいると聞いたぜ」

「皆殺しにすりゃいい」

助五郎はにやりと、不気味な笑みを浮かべた。

やがて、日が落ちあたりはゆっくり暗くなっていった。助五郎たちはその場で軽い食事を取り、夜空が星で埋められると峠の坂を下りていった。

小半刻《こはんとき》後、助五郎たちは平湯庄の入り口に辿り着いた。彼らの姿は黒い闇に塗り込められている。村にはところどころに灯《あか》りが見えた。見廻りの足軽の提灯《ちょうちん》と庭先で焚《た》かれている篝火《かがりび》だった。

「野郎ども」

助五郎は仲間に声をかけた。

「見廻りの足軽がいるらしいが、怖《おそ》れるこたあねえ。やつらの裏をかき不意打ちをかけるんだ。気づかれねえように背後から忍び寄って一人ひとり片づける。わかったな」

「おう」という声が重なった。

助五郎たちは奇襲をかけて村を壊滅状態にする計画だった。

近くの山から梟《ふくろう》の鳴き声が聞こえてきた。それが合図だったように、助五郎が声を発した。

「よし、行くぜ」

一行はおのれの身を闇に溶け込ませて平湯庄に足を踏み入れた。

(『国盗り合戦〈二〉』につづく)

本書は、集英社文庫のために書き下ろされた作品です。

集英社文庫　目録（日本文学）

石田雄太　桑田真澄 ピッチャーズ バイブル
石田雄太　イチローイズム
伊集院静　むかい風
伊集院静　機関車先生
伊集院静　宙ぶらん
伊集院静　いねむり先生
伊集院静　愚者よ、お前がいなくなって淋しくてたまらない
伊集院静　琥《こう》珀の夢 小説 鳥井信治郎(上)(下)
泉鏡花　高野《や》聖《ひじり》
泉ゆたか　雨あがり お江戸縁切り帖
泉ゆたか　幼なじみ お江戸縁切り帖
泉ゆたか　恋ごろも お江戸縁切り帖
伊勢崎賢治　布施祐仁　文庫増補版 主権なき平和国家 地位協定の国際比較からみる日本の姿
一条ゆかり　実戦！ 恋愛倶楽部
一条ゆかり　正しい欲望のススメ
一田和樹　天才ハッカー安部響子と五分間の相棒
一田和樹　女子高生ハッカー鈴木沙穂梨と0.02ミリの冒険
一田和樹　内通と破滅と僕の恋人 珈琲店ブラックスノウのサイバー事件簿
一田和樹　原発サイバートラップ
一田和樹　天才ハッカー安部響子と2,048人の犯罪者たち
一田和樹　最新！ 世界の常識検定
五木寛之　こころ・と・からだ
五木寛之　雨の日には車をみがいて
五木寛之　不安の力
五木寛之　新版 生きるヒント 1 自分を発見するための12のレッスン
五木寛之　新版 生きるヒント 2 今日を生きるための12のレッスン
五木寛之　新版 生きるヒント 3 癒しの力を得るための12のレッスン
五木寛之　新版 生きるヒント 4 ほんとうの自分を探すための12のレッスン
五木寛之　新版 生きるヒント 5 人生にときめくための12のレッスン
五木寛之　歌の旅びと ぶらり歌旅、お国旅 東日本・北陸編
五木寛之　歌の旅びと ぶらり歌旅、お国旅 西日本・沖縄編
伊東乾　さよなら、サイレント・ネイビー 地下鉄に乗った同級生
伊藤左千夫　野菊の墓
伊東潤　真実の航跡
いとうせいこう　鼻に挟み撃ち
いとうせいこう　小説禁止令に賛同する
絲山秋子　ダーティ・ワーク
井戸まさえ　無戸籍の日本人
稲葉稔　国盗り合戦〈一〉
乾ルカ　六月の輝き
乾緑郎　思い出は満たされないまま
犬飼六岐　青藍の峠 幕末疾走録
犬飼六岐　ソロバン・キッド
井上荒野　森のなかのママ
井上荒野　ベーコン
井上荒野　そこへ行くな
井上荒野　夢のなかの魚屋の地図
井上荒野　綴られる愛人

集英社文庫　目録（日本文学）

集英社文庫　目録（日本文学）

内田康夫　浅見光彦豪華客船「飛鳥」の名推理
内田康夫　軽井沢殺人事件
内田康夫　北国《ほっこく》街道殺人事件
内田康夫　浅見光彦　四つの事件　名探偵と巡る旅
内田康夫　名探偵浅見光彦のニッポン不思議《ミステリアス》紀行
内田洋子　カテリーナの旅支度　イタリア　二十の追想
内田洋子　どうしようもないのに、好き　イタリア15の恋愛物語
内田洋子　イタリアのしっぽ
内田洋子　対岸のヴェネツィア
内山純　みちびきの変奏曲
宇野千代　生きていく願望
宇野千代　普段着の生きて行く私
宇野千代　行動することが生きることである
宇野千代　恋愛作法
宇野千代　私の作ったお惣菜
宇野千代　私の幸福論
宇野千代　幸福は幸福を呼ぶ
宇野千代　私の長生き料理
宇野千代　私何だか死なないような気がするんですよ
宇野千代　薄墨の桜
冲方丁　もらい泣き
海猫沢めろん　ニコニコ時給800円
梅原猛　神々の流竄《るざん》
梅原猛　飛鳥とは何か
梅原猛　日常の思想
梅原猛　聖徳太子1・2・3・4
梅原猛　日本の深層　縄文・蝦夷文化を探る
宇山佳佑　ガールズ・ステップ
宇山佳佑　桜のような僕の恋人
宇山佳佑　今夜、ロマンス劇場で
宇山佳佑　この恋は世界でいちばん美しい雨
江川晴　企業病棟
江國香織　都の子
江國香織　なつのひかり
江國香織　いくつもの週末
江國香織　薔薇《ばら》の木　枇杷《びわ》の木　檸檬《れもん》の木
江國香織　ホテル　カクタス
江國香織　モンテロッソのピンクの壁
江國香織　泳ぐのに、安全でも適切でもありません
江國香織　とるにたらないものもの
江國香織　日のあたる白い壁
江國香織　すきまのおともだちたち
江國香織　左岸(上)(下)
江國香織　抱擁、あるいはライスには塩を(上)(下)
江國香織・訳　パールストリートのクレイジー女たち
江國香織　彼女たちの場合は(上)(下)
江角マキコ　もう迷わない生活
江戸川乱歩　明智小五郎事件簿Ⅰ〜Ⅻ

集英社文庫　目録（日本文学）

集英社文庫

国盗《くにと》り合戦《かっせん》 〈一〉

2023年1月25日 第1刷 定価はカバーに表示してあります。

著者 稲葉《いなば》 稔《みのる》
発行者 樋口尚也
発行所 株式会社 集英社
東京都千代田区一ツ橋2-5-10 〒101-8050
電話 【編集部】03-3230-6095
【読者係】03-3230-6080
【販売部】03-3230-6393（書店専用）
印刷 中央精版印刷株式会社 株式会社美松堂
製本 中央精版印刷株式会社

フォーマットデザイン アリヤマデザインストア マークデザイン 居山浩二

ISBN978-4-08-744476-6 C0193